바스켓볼
다이어리

바스켓볼 다이어리

THE BASKETBALL DIARIES

허진석

　이 책에 실린 글은 농구 이야기다. 주제는 사람과 경기다. 농구는 나에게 깊이 사색할 기회를 주는 운동이다. 농구 경기를 지켜보는 매 순간, 코트의 구석구석에 나의 시선이 머무르며 사람과 현상을 기억하고 재생산한다. '인생의 비의를 숨겼다.'는 식으로 허풍을 치지는 않겠다. 다만 나는 자주 깊은 생각 속에서 시간과 공간의 현실을 망각하기도 한다. 림의 어딘가에, 플로어 어느 구석인가에 깃들였을 이 특별한 운동의 정령이 삶의 반영으로서 냉정한 눈빛으로 나를 들여다본다. 저물어가던 브레슬라우의 가을, 묵직한 낙엽이 갱지에 꾹꾹 눌러 쓰는 느낌표처럼 떨어져 내리던 초록색 코트에서 내가 느낀 그것. 농구는 내 인생의 여러 국면에서 선명하게 존재감을 드러낸다. 그것은 여전히 신비의 영역이며, 나를 매혹하고 있음을 고백한다. 그러니 이 책은 농구를 향한 사랑의 고백이 아니지만, 거울의 저편 어딘가에 웅크린 본능과 같이 나의 운명을 설명하고 의미를 되새기게 만든다.

나는 대학에서 문학을 전공하고 재학 중에 등단하여 시인이 됐지만 첫 책은 『농구코트의 젊은 영웅들』이었다. 농구와의 인연을 길게 설명하고 싶지는 않다. 30년 세월을 신문에 농구 기사를 쓰면서 살았다. 늘 농구를 생각했다. 남의 생각을 듣고 이해하고 점점 내 생각의 부피가 늘었다. 그러다 기자직을 놓고 연구자의 길에 들어서면서 농구장도 농구인도 농구 경기도 점점 멀어졌다. 언제나 농구가 먼저였지만 이제는 그렇지 않다. 좋아하는 팀도 딱히 없다. 그 팀이 아니면 안 되는, 그런 팀은 없다. 농구를 프로야구보다 더 좋아하지만, 어떤 팀도 LG트윈스만큼 사랑하지는 않는다. 이런 내가 2021년 들어서 농구 경기를 다시 보기 시작했다. 여자프로농구 정규리그의 막바지 몇 경기와 포스트 시즌 경기를 아주 진지하게 관전했다. 기록까지 해가며. 나에게는 농구 경기를 기록하는 특별한 방법이 있다. 오랜 공백에도 불구하고 기록을 하는데 불편하지 않았다. 몸이 기억하고 있었다.

이 책은 2021년 9월 이전에 내가 주로 여자농구를 관찰하며 자맥질한 몽상의 늪, 그 관찰기다. 삼성생명과 KB의 여자프로농구 챔피언결정전, 도쿄올림픽 농구, 남자프로농구 이야기를 썼다. 맨 뒤에는 내가 젊은 기자였고 허재가 아직 20대일 때 인터뷰한 기록을 정리해 부록으로 실었다. 독자는 몇몇 뛰어난 선수와 코치의 이름을 발견할 것이다. 그들에 대한 생각이 나와 일치하지 않아도 상관없다. 2만 명이 모인 체육관에서 농구 경기를 보아도 나라는 존재는 언제나 고독할 수밖에 없다. 괴테가 베네치아에서 사무치게 느낀, 군중 속에서의 고독을 누구나 체험할 것이다. 그 고독 속에서 인간의 인간에 대한 깊은 이해와 공감, 철학적 인식 같은 것들이 고갱이를 이룬다. 나는 이 책에 실린 글들을 쓸 때 독자와의 교감이나 누군가의 공감 또는 동의 같은 것을 기대하지 않았다. 그러므로 이 책은 이정표와 같은 역할과 거리가 멀다. 모두가 그렇듯 자신의 길을 외롭게 걸은 자취이다.

책은 가을에 나올 것이다. 그리고 이내 겨울을 맞으리라. 어떤 기억들은 시간이 지난 다음에도 선명하게 남는다. 필름에 맺은 상처럼 이미지들이 또렷하다. 내 감정의 표면 위에

석필처럼 깊이 새긴 메시지들이다. 그것들은 아야소피아 2층, 대리석 난간에 새긴 처연하고도 덧없는 사랑의 맹세와도 같다. 한때는 내 인생의 모든 것이었던 많은 일들이, 많은 사람들이, 많은 장소들이 오늘은 그렇기도 하고 그렇지 않기도 하다. 어떤 것들은 미라처럼 구슬프다. 나는 윤후명의 소설 「누란의 사랑」을 떠올린다. "그 사랑은 끝났다. 그리고 누란에서 옛 여자 미라가 발견된 것은 다시 얼마가 지나서였다. 그 미라를 덮고 있는 붉은 비단 조각에는 '천세불변(千世不變)'이라는 글자가 씌어 있었다. 언제까지나 변치 말자는 그 글자에 나는 가슴이 아팠다." 그래, 가슴이 아프다. 그 사랑은 끝난 것이다. 이렇게 아픈 나의 마음은 어디에 자리를 잡았는가.

2021년 8월
성내천의 물소리에 귀를 적시며

차례

바스켓볼
다이어리

프롤로그
기호로 읽는 농구, 그 괴로움에 대하여

지난해* 서울시 송파구에 있는 대학으로 자리를 옮긴 뒤 잠시 생각했다. 가끔 잠실에 가서 프로야구와 프로농구 경기를 봐야지. 그러나 그렇게 되지 않았다. 대학은 바쁜 곳이고, 내가 해야 할 일도 많았다. 더구나 코로나19 때문에 달라진 환경은 나로 하여금 격리를 강요했다. 올해 들어 강의는 모두 '비대면'으로 했다. 내 강의를 듣는 학생의 얼굴을 대부분 보지 못한 채 두 학기를 보냈다. 나는 겨울이 되면서 바이러스에 노출될 위험을 줄이기 위해 자동차를 운전해 출근하고 있다. 출근할 때는 집을 나와 자동차에 시동을 걸고, 학교주

---

* 2019년 9월 1일.

차장에 차를 세우고 연구실에 들어간다. 퇴근할 때는 정확히 그 반대다. 연말 모임은 모두 취소되었고, 얼마 전 아들의 생일 모임도 집에 모여서 했다. 그러니 경기장에 가서 프로야구나 프로농구를 보는 일도 불가능했다.

그럼에도 불구하고 프로야구 몇 경기를 보았다. 프로농구도 일주일에 한두 경기씩 보고 있다. 카메라를 여러 대 사용해서 만드는 중계 프로그램은 품질이 퍽 좋다. 크고 선명한 텔레비전을 이용해 경기의 흐름과 선수들의 움직임을 세세히 살필 수 있어서 좋다. 물론 불만도 있다. 캐스터나 해설자가 쏟아내는 정보가 자주 귀에 거슬린다. 작전시간에 벤치를 기웃거리는 카메라와 마이크도 치웠으면 좋겠다. 현장기자로 일할 때, 나는 방송 카메라로 작전판을 비춰서는 안 되며 감독의 음성도 내보내서는 안 된다고 생각했다. 이 문제는 다음에 기회가 되면 진지하게 다뤄보고 싶다. 어찌됐든 최근의 중계는 시각적인 면에서 매우 세련됐다. 휴일 오후에 거실에서 조금은 느긋한 마음으로 중계를 시청하면서 아쉬움을 달랬다.

프로농구 시즌이 시작된 지 얼마 되지 않았을 때의 일이다. 텔레비전으로 농구 경기를 보다가 문득 심하게 불편해졌

14　　　　　　　　　　　　　　　　　바스켓볼 다이어리

다. 내가 화면 속을 누비는 선수들을 각각의 기호(記號)로 느끼고 있었던 것이다. 머리칼이 가닥가닥 일어서서 두피와 직각을 이루었다. 마로니에의 뿌리를 보고 구역질을 하는 로캉댕이 된 기분이었다. 사르트르가 쓴 소설『구토』의 주인공 로캉댕이 구역질을 느낀 것은 어느 날 공원 벤치에 앉아서였다. 눈앞에 보이는 마로니에 나무뿌리를 보면서, 모든 것은 존재의 이유 없이 존재한다는 사실을 생각해 냈다. 그리고 그 모든 존재는 서로 아무 관계도 없이 존재한다는 부조리를 깨닫게 된 것이다. (김희보, 2000.『세계문학사 작은 사전』) 그날 나는 왜 농구 중계를 보면서 영화『매트릭스』의 시그니처 화면처럼 온갖 디지털 부호가 흘러내리는 광경에 진저리쳤을까.

나는 농구가 인간의 행위이고 유대의 결실이라는 사실을 의심해본 적이 없다. 오래전 농구전문 잡지에 기고한 칼럼에 "농구를 만든 것은 하늘을 날고 싶었던 인간의 꿈"이라고 쓰기도 했다. 그날 내가 텔레비전을 보며 느낀 감정은 간단한 사실 하나로부터 시작되었을 뿐이다. 나는 한 선수도 알지 못한 채 화학반응을 지켜보듯 화면 속의 코트를 들여다보고 있었던 것이다. 말하자면 '허재', '강동희', '문경은', '서장훈',

'김유택'이 아니라 1, 2, 3, 4, 5번이 직선과 곡선으로 이뤄진 운동을 하고 있었다. 운동 속도는 대단히 느려서 지루할 정도였다. 운동 속도와 어울리지 않는 중계진의 고함소리는 두통을 불렀다. 나는 더 견디지 못하고 텔레비전을 껐다. 그리고 농구코트와 나 사이의 거리를 가늠해 보았다.

내가 마지막으로 농구 기사를 쓴 게 언제였던가. 『중앙일보』의 기자로 일하면서 2006년에 추승균을 인터뷰한 기사가 보인다. 그해에 『중앙SUNDAY』를 창간하기 위한 연구팀에 들어가면서 현장을 떠났다. 물론 그 뒤로도 경기장에 나갔고, 유재학이나 최희암을 인터뷰하기도 했다. 그러나 매일 매일 경기장에 가서 리그를 지켜보고 선수들을 확인하는 일은 2006년을 끝으로 중단됐다. 모비스의 양동근이 은퇴했을 때 나는 내가 현역 기자로서 인터뷰하고 대화한 마지막 선수가 코트에서 사라졌음을 깨달았다. 아직 양희종, 기승호, 이정현 같은 선수가 있지만 그들은 나를 모른다. 그들을 인터뷰한 적이 없다. 호흡을 섞은 선수가 코트에 남지 않았다는 사실은 나의 내면에 자리 잡은 이산(離散)의 감정을 실감하게 만든다. 공허한 시선으로 농구를 바라보고 산술적으로 경기를 읽어나가는 자신을 발견했을 때, 마로니에의 뿌리를 접한 로캉댕을 체험할 수밖에 없는 것이다.

나는 글을 쓰는 일이 감정의 노동이며 마음의 일이라고 생각해왔다. 이 사실에 충실하면, 사실 글 솜씨나 표현능력 따위는 조금도 중요하지 않다. 기자로서 농구경기를 볼 때, 나는 자주 감정이입을 하고 말았다. 이러한 태도는 기자로서 중대한 결함이었을 것이다. 보지 않아도 될 것을 보려는 노력이 감정이입으로 말미암았다. 가끔은 경기와 팀, 감독과 선수의 현실이 나의 일이 되기도 하였다. 이러한 문제에도 불구하고 감정이입은 보다 뜨겁게 경기의 흐름 한가운데로 나를 초대하였다. 나는 도도한 흐름에 섞여들어 때로는 의도했고 때로는 그렇지 않았던 방식으로 기사를 적어나가곤 했던 것이다. 이런 체험으로부터 격리돼버린 나는 농구여도 좋고 아니어도 상관없는 상태로 감각과 정서의 함몰을 경험하고 있었다. 그러나 농구를 그렇게 볼 수는 없다. 특히 나라는 개인은 농구를 그러한 태도로 대해서는 안 된다.

나는 몇 주간 고민한 다음『점프볼』의 권부원 편집인에게 전화를 했다. 권 편집인은『경향신문』에서 필명을 떨친 뛰어난 농구기자였고, 무엇보다 나와 경험을 공유한 동료다. 나는 그에게 자주는 아니고 가끔『점프볼』에 농구와 관련한 글을 쓰고 싶다고 말했다. 그는 긍정적으로 검토하겠다고 했고, 며칠 지나지 않아 OK 사인을 보냈다. 그러나 그 뒤로도 나는 얼른 글을 쓰지 않고 뭉갰다. 학교에서 해야 할 일이 밀렸고 논문과 연구용역, 저서의 마감이 겹쳤다. 『점프볼』에서는 재촉하지 않고 기다려 주었다. 이 잡지에 글을 싣겠다고 생각한 이유는 간단하다. 좋은 인연이 겹쳐 있고, 구성원들과 특별한 신뢰 관계를 유지하고 있기 때문이다. 존경하는 선배 박진환 대표가 지켜온 농구전문매체가 아닌가.

지난 2002~2003년, 나는 『중앙일보』의 지원을 받아 독일에 공부하러 갔다. 당시 박진환 대표가 독일에서 쓴 기고문을 받아 주었다. 나는 쾰른에서 공부하고 레버쿠젠에 가서 운동을 했다. 특히 바이엘(Bayer) 소속의 분데스리가 클럽 자이언츠에서 농구 일을 하면서 많이 배우고 느꼈다. 이때의 경험이 『점프볼』에 보낸 글에 모두 담겼다. 농구팀의 코치가 어떤 일을 하며, 농구팀은 살아있는 생명으로서 어떻게 호흡하고 움직여나가는지 생생히 보고 행동하며 익히고 새겼다. 구단은 어떻게 운영되어야 하며 무엇을 지키고 무엇을 버려야 하는지 학습했다. 그때 배운 것들이 내 머릿속에 문신처럼 새겨져 있다. 이 일이 가능했던 것은 『점프볼』에 글을 싣는다는 의무와 책임, 그리고 특권이 있었기 때문일 것이다. 나는 『점프볼』에 보낼 글을 염두에 두고 매일의 경험을 기록하였다. 나의 공부는 『중앙일보』에 보고했지만 농구 경험은 『점프볼』에 바쳤다.

나는 '옛날기자'다. 현역일 때도 뛰어난 기자가 아니었다. 지금은 독자에게 도움이 될 만한 글을 쓸 능력이 없다. 그저 진지한 태도로 농구 경기를 들여다보겠다는 것. 선수 한 명 한 명 이름을 외우고 기억하면서 이 아름다운 운동에 대한 사랑을 지켜가려는 욕심, 그것뿐이다. 그저 정성을 다해 경기를 관찰하고 진심을 쓰기 위해 노력한다. 이런 과정을 거듭하다 보면 기자에게는 마치 접신(接神)과도 같은, 감정의 이입과 공감의 영역을 넘나드는 경험도 가능할지 모르겠다. 그러나 오로지 그러한 쾌감을 누리고자 노트북을 열지는 않는다. 나는 여전히 농구를 사랑하며, 이 운동에 속한 묘든 요소들을 사랑한다. 사람과 사람을 둘러싼 환경, 시간과 세월 그 모든 것을. 여전히, 그리고 가능하다면 사랑에 대해 쓰고자 노력한다. 이 책에 실린 글들은 대개 그 결과물들이다.

극한직업
모비스 79:78 전자랜드

한 점 차의 패배. 그것도 역전패다. 한때 21점까지 앞섰지만 결국 따라잡혔고, 끝내 뒤집어졌다. 패배의 쓰라림이 얼마나 클지는 설명하지 않아도 알 수 있다. 아니, 느낄 수 있다. 나도 18년 전에, 눈이 무릎까지 내린 겨울에 치른 원정경기에서 대역전패를 한 적이 있다. ('나'라고 해서는 안 되며 '우리 팀'이라고 해야 한다는 사실을 잘 안다.) 전반까지 20점 이상 줄곧 앞섰지만 후반에 따라잡혔고, 결국 졌다. 자이언츠의 세컨드 팀에서 일하던 나는 불펜이라는, 독일 3부 리그에 속한 낯선 팀에 참담한 패배를 당한 다음 기자회견을 기다리며 적막한 체육관에서 느낀 아픔을 생생히 기억한다.

세월이 많이 흐른 지금, 그 고통마저 달콤하게 느껴질 때가 없지는 않다. 농구를 할 수 있어서 행복했으므로. 또한 나의 기억은 그때 우리 팀의 패배를 낭만적으로 재생하고 있다. 나는 직업 코치가 아니었고, 성적에 따라 내 신분이 달라지지도 않았다. 정해진 시간 동안 일하고 나면 돌아와야 할 편집국이 있었다. 짧은 권유도 있었다. "이봐. 자네는 좋은 사람이고, 우리 모두 자네를 좋아해. 선수들도 좋아하니까, 남아서 일하는 게 어때?" 기뻤지만 내가 할 수 없는 일임을 알았다. 이런 경험의 소유자이므로, 프로 리그 감독의 패배에 공감한다는 서술이 얼마나 무례하고 사실과 동떨어졌는지 알 수 있으리라.

아무튼 유도훈 감독은 항의할 수 있었다. 그리고 감독으로서 해야 마땅한 그 일을 아주 품위 있게 해냈다. (요즘에는 경기 중에 코트에 걸어 들어가 관중이나 농구 팬, 시청자-이들은 모두 상업 농구의 고객들이다-의 불쾌감에는 아랑곳없이 심판을 붙들고 언성을 높이는 코치가 보이지 않는다. 이런 현상만으로도 우리 농구 문화의 발전이 눈에 보인다.) 경기가 끝난 다음 인터넷으로 읽은 여러 기사를 종합하니 유도훈 감독의 항의가 정당함을 알겠다. 그리고 패배를 받아들이는 그의 방식을 통해 인품을 확인했다. 그는 정말 큰 감독이다. 코트에는 큰 감독,

작은 감독, 큰 코치, 작은 코치가 있는데 이 구분에 대한 설명은 나중에 따로 하겠다.

나는 나이 많은 기자가 되어갈수록, 그리고 데스크가 되었을 때 심판(진)을 비판하는 기사는 최소화하기 위해 노력했다. 기자들에게도 견문발검(見蚊拔劍)하지 않기를 주문했다. 사실 심판부는 대부분의 구기 종목에서 약한 집단에 속한다. 모질게 두들겨도 심하게 반항하지 않는(못하는) 취재원이 심판들이다. 경기 단체를 두들기면 갈등이 따르지만 그곳에서도 심판을 보호하기 위해 각별히 노력하는 것 같지는 않다. 경기 단체는 대개 심판을 벌주는 방식으로 문제를 해결(?)하려 들고, 그럼으로써 미디어를 달래려 한다. 상황이 이러하므로 심판은 기자들에게 비교적 '안전한 사냥감'에 속한다.

기자는 대부분 꼼짝 못할 근거를 가지고 심판을 비판한다. 경기가 끝난 다음, 동영상 자료 등을 뒤져 찾아내면 당할 재간이 없다. 이번에도 "느린 그림을 돌려보면 ㄹ아무개가 오른팔로 ㄱ아무개의 오른팔을 치는 장면이 명확하게 나온다."는 식의 기사가 보인다. 심판이 어찌 당해내겠는가. 더구나 머리 좋고 논리적인데다 잘 훈련된 종목 기자들을. 하지만 나는 경기 현장에서 대번에 "오심!" 하고 단정할 수 있는

22

기자는 생각보다 적으리라고 생각한다. 기자의 전문성이 부족해서가 아니다. 기자석과 경기장의 거리가 워낙 멀고 상황은 순식간에 벌어지기 때문이다.

심판들은 해당 종목의 전문가로서, 선수로 뛴 경험도 있다. 그래도 숨이 턱에 찬(심판들도 경기를 할 때 뛰어다닌다. 그래서 너무 늙으면 할 수 없는 직업이다.) 가운데 높은 곳, 가려진 곳에서 눈 깜짝할 사이에 벌어지는 상황을 지각하기란 어려운 일이다. 감독이나 코치 입장에서 사이드라인 바깥에 선 채 경기장을 들여다보면 긴장한 가운데 마라톤을 하는 것처럼 땀이 흐르고 어떤 장면은 잘 보이지 않는다. 또한 사람에게는 보고 싶은 것만 보게 만드는 본능이 있다. 일정한 시간대에, 일정한 장면이 돋보기로 확대한 것처럼 크게 보일 때도 있다. 여기 감정을 더하면 마침내, 불이 붙는다.

기자가 해야 할 일 가운데 '추상과도 같은 비판'이 있다. 그러나 '건전하고 정의로워야 한다.'는 전제가 따르고, 그런 경우에라도 다시 생각해 볼 필요가 있다. 기자는 힘이 세다. 그들의 비판은 치명적인 결과를 낳는다. 소소한 잘못에 매를 들면 시끄러운 훈수꾼이 되기 쉽고, 우악스럽게 몽둥이를 휘두르면 폭군이 된다. 기자의 관용이 불의를 정당화할 수도 있기에 무조건 침묵하거나 인내만 해서도 안 된다. 그래서 어려운 직업이다. 내가 다시 현장에 나가 축구나 농구 경기를 취재한다면 양쪽을 모두 경계할 것이다. 무엇보다도 나 자신을 경계할 것임은 물론이다.

경기를 할 때 승패를 결정짓는 요인은 여러 가지다. 나는 승부의 갈림길이 된 장면에서, 동료의 슛이 림을 때릴 때 리바운드하기 위해 날아오른 모비스의 37번 선수를 칭찬하고 싶다. 그 한 순간이 그의 소속 팀에 승리할 자격을 더해 주었다. 오심도 승부를 가른 요인들 가운데 하나다. 그렇지만 전부는 아니라고 생각한다. 1점(!) 차의 승부가 아니었는가. '흐름을 바꾼 오심' 같은 표현은 매우 심오하고 멋지지만 내 생각에 기자가 사용하기에는 애매한 문장이다. 애매하면서도 단정적이어서 독성이 강하다. 또한 유능한 감독이라면 그런 변수도 이겨내야 한다. 감독은 벼랑 끝에 까치발로 서서 40분을 인내해야 하는 직업이다.

감독이 (특히 경기 중에) 심판 판정에 노골적으로 불만을 표시하는 데는 여러 의도가 숨어 있다. 자신의 실수를 숨기기 위해 부러 심하게 항의하는 경우도 있다. 구단의 신임을 잃어 시즌이 끝난 다음 거취에 자신이 없는 감독들도 이런

바스켓볼 다이어리

모습을 자주 보인다. 농구장의 분위기를 자신에게 유리하도록 조성하려는 노력의 일부로 심판을 '사냥'하는 경우도 있다. 그러나 모든 것을 제치고 오직 하나를 골라낸다면 '이기고자 하는 열정'이다. 승부는 그토록 처절한 것이다. 그 일을 직업으로 삼은 사람들은 모든 것을 던져 넣어 자신조차 남지 않을지라도 승리하고자 갈망한다.

선수의 성장

삼성생명 67:56 하나원큐

대학에서 학생을 가르치려면 인내심이 필요함을 안다. 가르치는 자에게 인내심은 대학뿐 아니라 유치원을 비롯한 각급 학교에서 모두 필요한 덕목이다. 사람은 몸도 마음도 천천히 성장한다. 불과 몇 주 사이에 키가 훌쩍 자라거나 체중이 불지 않는다. (그런 현상은 사료를 먹여 키우는 가축에게서나 볼 수 있다. 우리는 이런 가축을 대개 다 자라기 전에 잡아서 음식의 재료로 삼는다.) 정신도 정서도 지식도 하루아침에 성숙하지 않는다. 셋은 긴밀하게 연결되어 있고, 육체 또한 같은 영역에 속한다. 교육의 목표를 지육(智育), 덕육(德育), 체육(體育)의 함양에 둔다 할 때 지-덕-체는 등위나 우선순위를 뜻하지 않는다. 이 셋은 기독교의 삼위일체와 같이 하나의 목적을 위하여 연관되고 통합된다. 체육은 근본적으로 인간을 위한, 인간에 의한, 인간에 대한, 인간의 학문이다.

내가 일하는 곳은 한국체육대학교다. 우리나라에 하나 뿐인 국립체육대학교이다. 많은 사람들이 체육대학교를 선수촌이나 트레이닝 센터와 비슷하리라고 상상한다. 남학생과 여학생을 가릴 것 없이 건장한 체격에 운동복을 걸친 채 4년을 보내다 나가는 곳이라고. 물론 이곳에는 국제규격의 경기장과 훈련시설이 있고, 우리나라 최고 수준의 경기력을 갖춘 국가대표 선수들이 속속 나오고 있다. 지금까지* 한국체대 재학생 또는 졸업생이 올림픽에 참가해 거둔 메달만 113개이다. 하지만 우리대학은 젊은이의 정기가 땀 냄새를 더욱 향기롭게 만드는 공간이다. 또한 전문체육(흔히 '엘리트 체육'이라고 한다.)을 전공하는 학생보다 일반학과 재학생이 몇 배 더 많다. 한국체대는 체육 중심의 연구와 실험이 거듭되는 굴지의 학술공간이기도 하다. 실험기구 중에는 우리나라에 한두 개뿐이라는 첨단의 제품이 적지 않다. 그러니까 전문체육은 우리대학의 정체성 가운데 일부분일 따름이다.

---

* 도쿄올림픽이 열리기 전까지.

대한민국 최고 수준의 재능을 가지고, 중고등학교 과정에서 이미 그 재능을 증명한 학생들조차도 비온 뒤 죽순처럼 불쑥 솟아오르지 않는다. 뛰어난 학생도, 조금 부족한 학생도 아주 천천히 성장한다. 그래서 그들의 성장을 육안으로 확인하지 못하는 경우가 대부분이다. 나는 『중앙일보』의 기자로 일하던 2006년부터 대학교에서 정기적으로 (시간강사, 겸임교수 또는 초빙교수 등의 자격으로) 학생들을 가르쳤다. 그러는 동안 매학기 나를 고통스럽게 만든 일은 학생들의 성장이 선명하게 보이지 않는다는 사실이었다. 그 때문에 나의 지식이나 가르치는 능력, 정성을 스스로 의심하는 괴로움이 반복되었다. 가끔은 학생들을 다그치고 몰아붙여서 피차 괴로움을 공유하는 실수도 했다. 서둘러서 될 일이 아니라는 진리를 몰라서가 아니다. 선생의 눈에는 뻔히 보이는 답을 못 찾아 이리저리 헤매는 모습을 보고 조바심을 견디지 못해서 생긴 일이다.

돌이켜보면 스포츠 기자로 일하는 동안에도 같은 실수를 저지른 듯하다. 나는 뛰어난 선수들의 경기력을 존중했다. 그들의 경기를 가장 가까운 곳에서 지켜보는 일은 다른 무엇보다도 감사해야 할 기자만의 특권이었다. 그런데 나의 관심은 스타들에게만 머무르지 않았다. 밥 먹듯 한 경기 30점 이상을 기록하는 골게터는 물론 팀의 중심이다. 하지만 그에게 숫 기회를 만들어준 선수들이 없다면 그토록 많은 득점을 기록하지 못했을 것이다. '숫도사' 이충희에게는 박수교-이문규-이원우-신선우와 같은 초일류 도우미가 있었다. 연세대학교 농구부는 1994년에 대학팀으로는 처음으로 농구대잔치 챔피언결정전을 제패했다. 당시의 주포는 물론 문경은이었다. 그러나 그에게는 이상민의 패스와 서장훈-김재훈의 스크린과 우지원의 지원사격이 따라붙었다. 최희암 감독은 문경은의 득점력을 최대치로 끌어올리기 위해 동료들의 희생과 헌신을 요구했다.

나는 이번 겨울에* 농구경기를 자주 보겠다고 결심했지만 경기장에 한 번도 가지 못했다. 코로나19 때문이지만 서운한 마음은 어쩔 수가 없다. 결국은 텔레비전으로 중계되는 경기를 지켜보면서 아쉬움을 달래고 있다. 우연한 일이지만 여자프로농구를 남자프로농구보다 더 자주 보았다. 그 과정에서 몇몇 선수의 이름을 외게 되었다. 정직하게 말해서 전에는 몰랐거나 알았더라도 잊었던 선수들이다. 예를 들면 삼

---

* 2020~2021년.

성생명의 윤예빈. 이 선수가 시야에 들어오기 전까지 내가 아는 삼성생명의 가장 젊은 선수는 이주연이었다. 나는 이주연이 가드로서 상당히 높은 수준까지 성장하리라고 기대하였다. 어느 날엔가 (2020년 12월 6일에 열린 삼성생명과 하나원큐의 경기였을 것이다.) 일찍 퇴근하여 저녁을 먹으면서 경기를 보다가, 나는 식사를 멈추고 경기에 몰입해서 수저를 내려놓고 말았다. 그날 처음으로 윤예빈을 중심으로 경기를 관전했고, 이름을 외웠다.

12월 6일의 경기 기록을 보니 윤예빈은 9득점을 했다. 배혜윤(24득점)-박하나(15득점)-김한별(11득점)에 이어 네 번째니까 득점을 주도한 선수는 아니다. 어시스트 2개로 배혜윤(6개)-박하나(5개)-이주연(5개)에 이어 김한별과 공동 4위다. 그런데 나는 어떤 이유로 윤예빈의 경기 내용에 관심을 기울이게 되었을까. 가장 긴 시간(39분)을 뛴 이 선수가 기록한 리바운드(12개)와 실책(4개) 때문이었을지 모른다. 그보다는 경기전체를 통해 보여준 윤예빈의 헌신과 집중 때문이었을 수도 있다. 윤예빈은 골밑에서 뛰는 선수가 아님에도 센터 배혜윤(11개)이나 포워드 김한별(10개)보다 많은 리바운드를 잡아냈다. 내가 생각하는 리바운드는 헌신과 몰두의 결과물이다. 리바운드는 팀을 이기게 해주는 에너지원이다. 리바운드를 많이 뺏긴 팀은 보디를 많이 맞은 권투선수처럼 천천히, 경기 후반으로 갈수록 허물어진다. 윤예빈의 헌신적인 경기는 삼성생명에 힘을 불어넣고 하나원큐의 힘을 빼놓았다.

그 뒤로 삼성생명의 경기를 볼 때 자연스럽게 윤예빈의 존재를 의식하게 되었다. 윤예빈이 '자르고, 걸고, 돌아나갈 줄 아는 선수'라는 사실이 분명해졌다. 그는 15일 현재* 19 경기에 나가 경기당 34분 45초 동안 뛰면서 11.5득점, 5.7리바운드, 2.7어시스트를 기록하고 있다. 아주 매력적이다. 2점 숏 성공률 49.7%니까 외곽선수로서 나쁘다고만 보기 어렵다. 자유투 성공률(64.3%)과 3점숏 성공률(20.8%)은 아쉽다. 자유투는 '거저 먹는다.'는 느낌으로 걸리는 족족 넣어 주어야 한다. 윤예빈이 '이거 한 방이면 승부가 갈린다.' 싶은 장면에서 던진 3점숏이 림을 외면하는 경우를 자주 본다. 점점 더 좋아질 것이다. 노력하는 선수가 분명하기 때문이다. 나는 이렇게 밀도 높은 경기력을 발휘하는 선수를 그동안 내가 왜 몰랐는지 의아했다. 그래서 삼성생명의 임근배 감독에게

---

* 2021년 1월.

몇 가지 질문을 해서 설명을 들었다. 부상으로 두 시즌을 그냥 보냈고, 그 사이 수술을 두 번이나 했고, 그럼에도 일어섰다는.

　남자 선수든 여자 선수든 부상을 이겨내고 뛰어난 경기력을 회복하기는 어렵다. 두 시즌을 허송했다면 가장 큰 폭으로 성장해야 할 시기를 잃어버렸다는 뜻이다. 24개월에 걸친 회복의 과정은 말할 수 없이 고통스러웠을 것이다. 윤예빈도 수많은 선수들이 그러했듯이 포기하고 싶은 순간을 겪었을 것이다. 농구역사를 살피면 운명처럼 부상의 갈고리에 걸려들어 더 높은 경지에 오를 수 있는 재능을 다 꽃피우지 못한 선수가 적지 않다. 나는 유재학이나 신선우가 부상 없이 오래 선수생활을 했다면 얼마나 좋았을까 하는 생각을 자주 했다. 나는 이들을 진정한 농구천재들이라고 생각한다. 둘 다 무릎 부상 때문에 재능을 충분히 발휘하지 못했다. 그럼에도 불구하고 농구사에 길이 남을 업적을 새겼다. 유재학은 기아 소속이던 1987년 1월 31일 현대전자와의 경기에서 한 경기 어시스트 20개라는 기적을 썼다. (당시의 규정은 공을 넘겨받은 선수가 공을 튀기거나 걸음을 딛기만 해도 어시스트로 인정하지 않을 만큼 엄격했다. 유재학은 공을 받자마자 슛을 할 수 있게 패스를 했다.) 1986-87시즌 경기당 어시스트가 무려 8.8개다. 그러나 그는 기아에서 세 시즌만 뛰고 은퇴했다. 경기당 어시스트 7.14개라는 놀라운 기록을 남긴 채.

더 열심히 경기를 지켜본다면 윤예빈과 같은 선수를 더 많이 발견할 수 있으리라. 무슨 일이든 알고 볼 때와 모르고 볼 때는 차이가 크다. 알고 보는 사람은 더 집중하고, 더 즐거워하게 마련이다. 나는 프로농구의 흥행이 선수들의 지명도와 무관하지 않다고 본다. 팬들이 이름을 기억하는 선수가 많을수록 리그가 성공할 확률이 높다. 뛰어난 선수의 쉼 없는 공급이 반드시 필요하다. 우리 남자프로농구는 농구대잔치의 성공을 바탕삼아 (특히 연세대, 고려대, 중앙대 선수들의 기여가 컸다.) 출범하여 빠르게 정착했다. 그러나 허재, 강동희, 문경은, 이상민, 우지원, 서장훈, 현주엽, 전희철, 김영만, 김주성과 같은 스타들이 차례로 물러나면서 위축되었다. 더 높은 수준으로 도약할 동력을 공급받지 못했기 때문이다. 이들의 뒤를 이어 등장하는 선수들의 실력이 부족해서가 아니다. (나는 요즘 프로에서 뛰는 선수들의 눈부신 테크닉에 자주 감탄한다.) 프로농구의 고객들이 리그에 새로 공급된 선수들과 친해지고 교감할 수 있는 기회가 적었을 뿐이다.

자유투라는 의지, 승리라는 운명
하나원큐 91:88 삼성생명

3점차의 승리. 연장전에서 이룩한 역전승. 하나원큐는 이길 자격이 있었다. 결국 스스로의 힘으로 지루한 연패의 터널을 벗어났다. 연장전에서는 첫 골을 넣는 팀이 유리하다. 심리적인 선점 효과는 말할 수 없이 크다. 4쿼터 5분에 2점을 뒤졌다면 초조할 리 없다. 연장은 다르다. 금방이라도 경기 종료를 알리는 신호음이 들릴 것 같은 기분이 든다. 이훈재 감독은 이토록 절박한 선수들의 마음을 읽었을 것이다. 그는 다행히도 선수들에게 "괜찮다. 한 골만 넣으면 따라갈 수 있다."는 생각을 심어줄 수 있었다. 사실 이런 일은 초인적인 능력에 속한다. 누구나 "괜찮다."고 말을 할 수는 있다. 그러나 정말 괜찮다는 생각을 하도록 만들지는 못한다.

이훈재 감독은 특별한 면이 있다. 농구대잔치 시절 비교적 작은 키로 골밑을 지켰다. 상대팀의 장신 선수를 잘 막아서 '보이지 않는 장대'라는 별명을 얻었다. 프로 시대가 개막한 뒤에는 외국인선수를 수비했다. 그것도 단신 선수를! 이 능력이 그로 하여금 스타 선수가 즐비한 기아에서 자리를 지킬 수 있게 해주었을 것이다. 그는 신체적인 불리함을 '생각하는 농구'와 심장의 에너지로 상쇄했다. 나는 "농구는 신장이 아니라 심장으로 한다."는 말을 극히 싫어한다. 너절한 레토릭에 불과하기 때문이다. 내가 선수를 선택할 위치에 있다면 1㎝라도 큰 선수를 뽑을 것이다. 농구는 한 덩어리 엔진으로 굴러가는 전차가 아니다. 그럼에도 불구하고 "농구는 신장이 아니라 심장으로 한다."는 그 말을 반드시 써야 한다면 '선수 이훈재'에게 사용하겠다.

이기려는 의지는 경기에 영향을 크게 미친다. 90점 안팎의 점수는 연장을 감안해도 여자 경기에서 적은 스코어가 아니다. 이런 다득점 경기는 양쪽 팀의 슛이 터져 줘야 가능하다. 오늘* 삼성생명은 2점슛 50개 중 절반을, 3점슛 28개

---

* 2021년 1월 25일.

가운데 10개를 성공시켰다. 하나원큐는 2점슛 40개 중 17개, 3점슛 24개 중 10개를 넣었다. 슈팅 게임에서 하나원큐는 64-80으로 크게 불리했다. 리바운드 경쟁에서도 31-37로 뒤졌다. 그러나 이 격차를 자유투 득점으로 메웠다. 하나원큐는 자유투를 통해 이기고자 하는 열망을 행동으로 옮겼다. 강이슬이 11개를, 양인영이 8개를, 강유림이 3개를 얻어 모두 넣었다. 28개 중 27개를 성공시킨, 팀 자유투 성공률 96.4%에 이르는 경기를 언제 보았는지 기억나지 않는다. 박수를 보낸다. 아주 뜨겁게.

삼성생명도 이길 기회가 있었다. 승리자가 되었어도 자격을 의심할 수 없었다. 임근배 감독은 주전선수들의 부상에도 불구하고 다채로운 전술과 선수 교체의 묘미를 보여주면서 승률을 지켜왔다. 지난 경기는 박하나와 김한별 없이 이겼다. 이날도 무려 11명을 교대로 기용하며 하나원큐의 독기 가득한 공세에 맞섰다. 정규시간 마지막 공격을 위해 교체 기용한 김보미는 동점 3점슛을 넣었다. 물론 행운이 따랐다. 우리나라 농구에서는 3점슛이 백보드를 맞고 들어가면 대체로 운이 따랐다고 본다. 백보드를 내편으로 만들어 탁구나 테니스의 라켓처럼 사용한 선수는 많지 않다. 이충희-김현준-허재 정도. 그 중에서도 김현준이 최고였다. 그는 전국에서 가장 까다로운 아마추어 시절의 잠실체육관 백보드를 줄부채처럼 요리해 무더기 득점을 했다. 김보미의 슛이 운이었다 한들 무슨 상관인가. 박빙의 승부에서 운도 실력임을 우리는 알고 있다.

삼성생명은 3점을 졌지만 내용을 보면 1점차의 역전패다. 마지막 2점은 절망적인 상황에서 파울을 선택한 삼성생명이 지불해야 할 통과세였다. 마지막 실책 대신 역전골을 넣었다면 결과를 장담하기 어려운 승부였다. 지고 나면 아쉬움이 남는다. 경기당 11.2점을 넣어온, 그러나 이날 4점에 그친 윤예빈이 한 골만 더 넣어 주었다면. 지난 경기 4쿼터에 전지전능한 승부 결정력을 보여준 배혜윤이 이 날은 실책을 5개 했다. 그리고 김단비가 넣지 못한 자유투 2개…. 시간은 뒤를 돌아보지 않고 달려 결승선을 지나쳤다. 우리는 끝나버린 경기를 되짚으며 승부처를 찾아내고, 양지와 음지를 나눈 경계를 가리기 위해 노력한다. 그렇지만 (비록 "라떼는 말이야."라고 말하지 않기 위해 애쓰지만) 늙어가는 관전자에게는 승부처라는 개념도 이따금 막연하게 느껴진다.

농구나 축구 같은 구기 종목에서 유난히 흐름을 강조한

다. 많은 전문가들이 '오름세' '내림세' '위기'와 '기회' 같은 말로 경기를 설명하려고 노력한다. '승부처에서 터진 3점슛'이나 '쐐기를 박는 2타점 적시타'라는 표현으로 순간의 중요성을 부각한다. 또한 스포츠 경기를 인생에 비유하고 싶어 한다. '야구는 인생의 축소판'이라고, '골프는 인생의 희로애락을 그대로 담았다.'고. 인간이 한 분야에 종사해 그 일을 업으로 삼을 때 삶의 애환이 담기지 않는다면 이상한 일이다. 길모퉁이에서 무두질하는 장인(匠人)의 하루, 한 순간에도 인생의 비의가 깃들인다. 스포츠를 오래 취재한 나도 스포츠가 인생을 반영한다는 데 대체로 동의할 수 있다. '언제 어떻게 될지, 무슨 일이 벌어질지 모른다.'는 점에서 그렇다. 방금 산에서 내려온 도사라도 되는 양 흐름을 말하지만 정작 승부는 (특히 비등한 팀끼리의 경기라면) 갑작스럽게 명암이 갈리기 일쑤다. 축구의 장거리포나 자책골, 야구의 홈런은 그런 승부를 가름하는 장치들이다.

농구는 득점이 많이 나오는 경기다. 결승 3점포라고 해도 60~70점에서 100점 이상까지 나오는 농구에서는 작은 부분일 뿐이다. 물론 2점차로 뒤진 팀에서 나온 3점슛은 값지다. 그러나 나는 1점차로 진 팀의 경기 기록을 다시 읽는다.

경기를 시작하자마자 얻은 자유투 2개를 모두 놓치지는 않았는가. 무인지경의 득점기회에서 림을 맞히지는 않았는가. 눈앞에서 놓친 리바운드 한 개는? 나는 경기를 시작하자마자 얻은 자유투 2개의 값이 2점을 뒤진 가운데 경기 종료 1초를 남기고 던지는 자유투의 값과 다르지 않다고 생각한다. 그래서 '경기의 흐름'이나 '승부처'라는 말에 그다지 흥분하지 않는다. 스포츠가 정말로 인생을 닮았다면, 한 순간도 소홀히 해서는 안 된다는 점에서 그렇다.

전주원

2005년 9월 14일, 나는 춘천에 가서 여자프로농구 경기를 취재했다. 우리은행의 코치, 그리고 이제 대한민국 여자 대표 팀의 감독인 전주원이 아직 현역일 때다. 전주원은 신한은행의 리더였고, 상대는 공교롭게도 우리은행이었다. 신한은행이 68-56으로 이겼다. 전주원은 15득점 5어시스트를 기록했다. 나는 이때 『중앙일보』 체육 면에 실을 기사를 준비하면서 오래전의 기억을 떠올렸다.

1992년 스페인 비고에서 열린 바르셀로나 올림픽 예선. 전주원이 한국 대표 팀의 리딩 가드를 맡았다. 한국은 탈락했다. 정은순이 인성여고 동기 유영주를 끌어안고 하염없이 울 때 전주원은 골똘히

바스켓볼 다이어리

다음 경기를 지켜봤다. 브라질과 호주의 경기. 스무 살 처녀의 시선이 당시 33세의 브라질 가드에게 박혔다. 오르텐샤 마카리. 브라질을 94년 세계선수권 우승과 96년 애틀랜타올림픽 은메달로 이끌었고, 2002년 여자농구 명예의 전당에 오른 전설이다. 전주원은 당시 현대 이문규 감독에게 '저 선수가 누구냐.'고 묻곤 이름을 적어두었다. 15년이 지난 지금, 전주원은 33세의 리더가 되어 자신만의 전설을 쓰고 있다.'

'이름을 적어두었다.'고 썼지만 틀렸나보다. 시간이 많이 흐른 뒤 전주원은 이때를 기억하지 못했다. 현대의 이문규 감독은 세계농구의 흐름을 알기 위해 개인 자격으로 비고에 갔다. 전주원이 그에게 몇 번이나 브라질 선수의 이름을 확인해서 나도 외우게 됐다. 이때의 기억을 오래도록 간직했다. 오르텐샤에 대해 가장 많이 아는 사람은 당시 대표 팀의 감독을 맡은 정주현 선생이었다. 한국이 베이징에서 중국을

누르고 1990년 아시안게임 금메달을 따낼 때 사령탑을 맡은 분이다. 정 선생은 우리 선수들에게 "브라질의 저 선수를 잘 봐두라."고 몇 번이고 당부했다. 브라질과 호주는 바르셀로나로 가는 티켓 한 장을 놓고 격돌했다. 3차 연장까지 가는 접전에서 오르텐샤는 43점을 기록했고, 브라질은 99-97로 이겼다.

내가 기사를 쓴 뒤 다시 15년이 지났다. 선수로서 슈퍼스타였던 전주원은 지도자로서도 성공적인 커리어를 만들어가고 있다. 그의 성숙과 성공을 생각하면서 또한 내가 흘려보낸 시간들을 돌아본다. 그리고 덧없이 늙어가고 있음을 자각한다. 나는 전주원이 선일여고 학생일 때 처음 그녀를 만났다. 그때 이미 성숙한 농구를 했고, 성숙한 사고를 했다. 여러 면에서 남다른 선수였다. 그가 고등학교를 마치고 입단한 팀은 현대산업개발이다. 현대는 전주원이 1번 자리를 맡은 그해 농구대잔치에서 창단 이후 처음으로 라이벌 삼성생명(삼성의 선수들도 그렇게 생각할지는 모르겠다.)을 이겼다.

오늘* 전주원이 대표 팀의 감독이 되었다는 소식을 들으

---

* 2021년 1월 27일.

니 만감이 교차함을 느낀다. 그녀가 대표 팀에서 성공적인 경력을 이어갈지 확신하기는 어렵다. 우리 여자농구는 국제 무대에서 상위권을 누비던 전성기에 비해 많이 약해졌다. 아시아의 경쟁자인 중국이나 일본은 우리보다 강하다. 대만도 쉽지 않은 상대다. 물론 전주원 감독이 대표 팀을 지휘해야 할 무대는 도쿄올림픽이다. 현재로 보아서는 올림픽이 예정대로 열릴지 알기 어렵지만, 아무튼 그렇다. 그러나 나는 전주원 감독이 대표 팀에서 훌륭한 경력을 쌓기를 기대한다. 우리 여자농구가 다시 아시아의 정상으로, 세계적인 강호로 복귀하는데 기여하기를 바란다. 스타의 운명을 타고난 그녀의 농구가 더 높은 곳에서 꽃을 피우기를 희망한다.

우리나라 농구 대표 팀의 첫 여성 감독.* 진심으로 축하한다.

---

* 올림픽이나 아시안게임에 나가는 A팀 감독은 전주원 감독이 최초다. 2006년 존스컵과 2009년 동아시아경기대회에 정미라, 2005년 동아시아경기대회에 박찬숙 등이 감독으로 나간 기록이 있기는 하다.

가정이 아닌 그 곳

　　신문사에서 일할 때, 체육부에 새로 온 후배를 경기장에 데리고 나가며 말했다.

　　"걱정 마. 나도 처음 체육기자가 됐을 때는 농구를 다섯 명이 하는 줄도 몰랐어."

　　물론 거짓말이었다. 나는 농구를 무척 좋아했다. 어릴 때는 키가 제법 커서 "농구선수를 하라."는 말도 자주 들었다. 내가 처음으로 좋아한 농구스타는 송금순 선수였다. 『점프 볼』 독자 가운데 이 선수를 아는 분은 거의 없으리라. 김화순 선수를 엄청나게 좋아했고, 신일고등학교에 다니던 김진 선수의 경기를 보러 장충체육관에 가기도 했다.

　　고등학교에 다닐 때 농구를 많이 했다. 운동신경이 없어서 잘하지는 못했지만 즐겁게 했다. 고등학교 3학년 때, 나의 담임 선생님은 자율학습을 하는 저녁마다 당번을 보내 나를 찾게 하셨다. 나는 어두워서 공이 보이지 않을 때까지 농구를 했다. '공부 안 하고 농구만 한 아이'라는 이미지가 선생님의 기억 속에 선명했다. 나중에 선생님을 모시고 저녁을 대접할 때도 그 일을 잊지 않고 말씀하셨다. 나는 공부를 열심히 하기보다는 소설을 읽고 그림을 그리고 운동을 하면서 중고등학교 학생 시절을 보냈다.

나는 후배기자에게 용기를 주기 위해 거짓말을 했다. 아무것도 모르는 채 경기장에 나가면 아무리 기자라도 주눅이 든다. 텔레비전에서 보던 슈퍼스타가 눈앞에 있는데, 키는 훌쩍 크고 건장하다. 잠시 정신줄을 놓으면 기사를 쓰기 위해 뭘 물어보려 해도 순간적으로 머릿속이 컴컴해지는 수가 있다. 꽤 많이 아는 것 같은 선배도 시작할 땐 바보와 다름없었다고 얘기하면 (후배들은 대부분 농구를 다섯 명이 한다는 사실을 알았다.) 용기도 생기고, 나도 하나씩 배우면 된다는 셈이 섰을 것이다.

또한 내가 '농구를 잘 몰랐다.'는 취지로 그 말을 했다면 거의 사실이다. 사실 나의 농구 지식(내게 그런 게 조금이라도 있다면)은 기자가 된 이후에 배워서 모은 것이다. 어느 분야에나 누군가 물으면 기꺼이 가르쳐 주는 분이 계신다. 나에게는 방열, 정주현, 이문규와 같은 일류 감독들이 농구선생님이라고 할 수 있다. 특히 방열 감독님(그를 교수, 총장, 회장 등 다양하게 부를 수 있지만 '감독'이 가장 잘 어울린다고 생각한다.)은 나에게 정말로 너그러운 농구의 스승이었다. 농구는 나의 직업과 관련 있는 운동 종목일 뿐 아니라 학문의 대상이기도 했다. 농구공부는 재미있다.

나의 첫 책은 『농구코트의 젊은 영웅들』이다. 1994년에 나온 이 책은 무척 많이 팔렸다. 그 뒤 『길거리 농구 핸드북』을 농구잡지의 별책으로 냈다. 동양 오리온스의 박광호 감독이 자문하고 전희철-김병철이 사진 모델을 했다. 모교인 동국대학교 대학원에서 체육정책을 연구해 박사학위를 받은 뒤 농구를 소재로 논문이나 책을 여러 권 썼다. 『아메리칸 바스켓볼』, 『우리 아버지 시대의 마이클 조던 신동파』, 『맘보 김인건』. 비슷한 내용이 많지만 사실(史實)을 발전시켜 나간 책으로, 2021년 현재 정확성과 완성도는 『맘보 김인건』이 가장 높다. 농구를 공부하는 학생이나 연구자가 묻는다면 이 책을 권할 것이다. 이전의 책들은 몇 군데 오류가 있다. 당대의 기사자료가 부정확하거나 증언자의 구술이 그릇된 기억에 기초했기에 생긴 문제들이다.

가장 최근에 발표한 논문은 「한국 남자농구 최초의 다문화인 국가대표 선수 김동광 연구」이다. 우리 한국체육대학교 체육과학연구소에서 내는 학술지 『스포츠 사이언스』에 실린 이 논문은 언론계 선후배님들의 배려를 받아 여러 매체에 소개되었다. 정말 감사드린다. 많이 부족한 논문을 살펴 주신 결과다. 무엇보다 김동광 한국농구연맹(KBL) 경기본부장이 새삼 주목을 받고, 우리학교의 자랑거리 가운데 하나인 『스포츠 사이언스』가 널리 알려져서 보람을 느낀다. 나는 김동광 본부장을 '차별이 선명하던 시기에 태어나 수준 높은 기량을 발휘하며 농구 경기의 중심인물로 자리 잡은 첫 번째 다문화인'이라고 정리했다.

김 본부장에 대한 논문을 쓰면서 느낀 점이 있다. 김 본부장은 송도중학교 농구부에 들어간 뒤 노골적인 차별에서 해방된다. 농구 코치이기에 앞서 위대한 교육자라고 불러야 마땅할 전규삼 선생님의 가르침 아래, 송도중학교 농구부의 선배들은 후배 김동광을 훌륭히 보호했다. 고려대학교에 진학한 다음에도 마찬가지였다. 미완의 가정(家庭)에서, 그러니까 홀어머니 슬하에서 어렵게 자란 다문화인 김동광은 농구부에 들어감으로써 새로운 가정에 편입되었고, 가정의 보호와 사랑을 경험했다. 이 토양 위에서 슈퍼스타로 성장했고 존중받는 위치로 올라섰다. 기업은행에 들어간 뒤로는 상업광고에 나갈 만큼 인기를 누렸다.

농구부를, 팀이나 구단을 가정이라고 생각하는 인식은 적어도 실업농구 시대까지 유효했다. 농구대잔치가 큰 인기를 끌던 시절, 지방에서 대회가 열리면 매일 저녁 팀별로 회식을 했다. 거기 초청받아 참석하는 일은 농구기자를 하는 즐거움 가운데 하나였다. 농구인들을 편안한 자리에서 만나 대화할 기회였기에 염치불구하고 참석했다. 그 자리에는 예외 없이 'OB'들이 모였다. 기업은행, 산업은행, 한국은행의 레전드들이 참석해 후배들을 격려하고 덕담을 나누었다. 나는 그 안에서 구성원들이 가족의 따뜻함을 누리는 모습을 관찰했다. 가끔은 그 광경들이 그립다. 프로농구가 출범한 다음 이 같은 모습을 보기는 어려워졌다.

실업농구 시절에는 이적(移籍)이 거의 불가능했다. 한번 삼성맨은 영원한 삼성맨, 한번 현대맨은 영원한 현대맨이었다. 역대 단장과 사무국원, 코치-감독과 선수들은 떼려야 뗄 수 없는 인연으로 묶여 서로를 대했다. 이들의 송년잔치는 한국농구의 올스타 대회 같은 분위기였다. 그러나 프로가 출범한 뒤 이 같은 유대와 결속은 서서히 해체되어갔다. 한 팀에서 데뷔와 은퇴를 할 수 있는 선수는 손에 꼽힐 정도다. 내가 달라진 현실을 실감한 전형적인 사례는 2001년 6월 21일에 이루어진 문경은(삼성)과 우지원(신세기)의 맞교환이다. 특히 삼성이 문경은을 내보내는 모습을 지켜보면서 충격을 받았다.

나는 삼성이 어떻게 문경은을 스카우트했는지 잘 안다. 문경은은 대학농구 최고의 슈터였다. 이충희-김현준의 뒤를 잇는다는 평가가 과장이 아니었다. 누구나 매혹될 만큼 아름다운 슛동작과 높은 정확성, 덩크슛이 가능한 큰 키와 탄력 등 매력의 집합체였다. 기아가 실업 무대를 평정한 그 시절, 『동아일보』의 최화경 기자가 썼듯 현대든 삼성이든 "문경은을 영입하면 기아 격파가 가능"했다(고 생각했다.). 현대와 삼성의 스카우트 역량이 총동원된 스카우트 전쟁에서 이인표 상무의 지휘 아래 이성훈-전창진 등 경기인 출신 프런트가 전력투구한 삼성이 역전승(당시 분위기로는 현대의 승리가 유력해 보였다.)했다.

아무튼 삼성은 2000-2001시즌 우승을 달성한 뒤 문경은

의 방출을 결정했다. 문경은 본인이 이적을 원한 점도 감안
해야 하리라. 그래도 삼성이 우지원을 얻기 위해 교환을 시
도한 결과가 아닌 이상 방출이라고 규정해야 옳다고 생각한
다. 이 트레이드에 마지막까지 반대한 인물은 이성훈 전 단
장(당시 사무국장)이다. 그는 삼성이 현대를 이기고 문경은
을 받아들이는 데 결정적으로 기여한 인물이다. 그의 초인적
인 인내력과 진심을 다한 설득이 문경은 영입이라는 결실로
이어졌다. 삼성 정신이라는, '혈관 속에 푸른 피가 흐른다.'
는 삼성농구의 이념이라는 면에서 이성훈 전 단장만큼 투철
한 인물을 나는 다시 보지 못했다. 삼성이 침체기를 겪던 시
절에 단장을 맡았다고 해서 그의 역량과 헌신을 폄훼할 수는
없다. 그가 보기에 '삼성의 아들' 문경은을 타 구단에 보내는
일은 천부당만부당했다.

지난 4일* 삼성이 LG에 이관희를 보내고 김시래를 받는
트레이드를 했다. 나는 이 장면을 보면서 문경은-우지원 트
레이드를 떠올렸다. 나는 이관희가 삼성에 썩 어울린다고 생
각했고, 눈이 부실 정도는 아니지만 재능을 지녔음이 분명하

---

* 2021년 2월.

다고 느꼈다. 그의 방출은 의외였고, 그래서 몇 군데 전화를 해서 확인해 보았다. 틀림없는 사실이었다. 트레이드의 명분은 여러 언론에서 보도한 그대로니까 반복하지 않겠다. 팀을 바꾼 선수들이 제 자리를 잘 지키면서 전보다 나은 기량을 발휘해 주기를 기대한다. 어찌됐든, 나는 이번 트레이드를 보면서 구단과 팀은 더 이상 가정이 아님을 확인했다. 그곳에는 동료나 형제가 아니라 경쟁자와 동업자가 있을 뿐이다. 그래도 이번 트레이드를 소재로 글을 쓰고 싶지는 않았다.

어제, 그러니까 2021년 2월 8일에 나는 놀라운 뉴스를 접했다. 매우 인기가 있는 여자프로배구 스타가 구단 숙소에서 쓰러졌는데, '극단적인 선택'을 시도했을 수도 있다는 보도였다. 다행히 선수의 생명에는 지장이 없고, 건강을 회복하고 있다는 후속 기사가 나와 가슴을 쓸어내렸다. 이 일을 계기로 그 선수와 관련된 이야기를 온·오프라인을 통해 확인하니 과연 순탄하지 않은 생활이 거듭되었음을 알 수 있었다. 특히 숙소와 훈련장에서 선수가 경험한 스트레스를 짐작할 수 있었다. 세상은 달라졌고, 훈련장과 숙소 역시 생존경쟁이 거듭되는 전장(戰場)이 되었다. 숙소에서 한 지붕을 지고 있어도 선수 개인은 세상에 홀로 던져진 고독한 자아일 수밖에 없는 시대. 천지불인(天地不仁)을 실감하지 않을 수 없는 것이다.

몸과 마음이 모두 성치 않을 배구선수가 속히 아픔을 떨치고 일어나기 바란다. 아무 일 없기를.*

---

* 여자배구 '쌍둥이 자매 사건'은 나의 상상과 전혀 다른 방향으로 전개되었다.

서장훈

서장훈과 아주 가끔 통화한다. 농구를 비롯한 스포츠 행사에 참석했다가 마주치기도 한다. 그는 언제나 태도가 깍듯하고, 차림이 단정하다. (그는 정말로 단정한 사람이다.) 그와 통화하거나 만나서 대화하면 기분이 좋아진다. 이 기분을 느끼는 사람이 나만은 아니리라. 그래서 서장훈은 오늘날 인기 있는 방송인이 되었다.

서장훈이 '공룡'이라는 별명을 달고 예능프로그램에 등장했을 때, 나는 무척 실망했다. 솔직히 말하면 덩치 큰 전직 프로농구 선수로서 눈요기 감이 되거나 이리저리 조리돌림을 당하다가 버림받을까 걱정을 했다. 서장훈은 머리가 좋고 경우에 밝다. 아무리 그래도 소위 '예능판'이라는 곳은 사람을 어떻게 만들지 알 수가 없는 것이다.

나는 그가 2017년 9월 25일 종편 채널A에서 방영하는 인문학 예능 프로그램 〈거인의 어깨〉 진행자로 출연하기로 결정됐을 때에야 적이 안심을 했다. 〈거인의 어깨〉는 서장훈의 스무 번째 방송 프로그램이었다. 그는 이 프로그램에서 출연진과 여러 가지 사회 이슈를 놓고 인문학적인 관점에서 의견을 나누었다. 뛰어난 진행자였다.

서장훈과 마지막으로 통화한 날은 지난 2월 1일이다.* 통화 중에 전화가 한 번 끊어져서 두 번 벨이 울렸다. 모두 합쳐 14분 정도 이야기를 나누었다. 나는 기자가 아니기 때문에 그와 나눈 대화가 '취재'나 '인터뷰'는 아니다. 그러나 그는 내가 늘 어딘가에 무엇인가를 쓰는 사람임을 안다. 그러니 대화 내용을 조금 소개해도 나를 크게 비난하지 않으리라고 생각한다.

그는 더 맑고 단정한 목소리로 변함없이 잘 정리된 생각을 나에게 전달했다. 대부분 안부를 묻고 격려하는 대화였다. 나는 그가 출연하는 방송을 잘 보고 있다고 했다. 말끝에 "이제 코트에서는 영영 볼 수 없나 싶다."고 중얼거리기도

---

* 2021년.

했다. 서장훈은 이 말이 걸렸던지 나를 달랬다.

"언제가 될지는 모르지만 농구코트로 돌아갈 수도 있습니다."

나는 비슷한 말을 전에도 들었다. 아니, 읽었다. 종합경제지 『아시아경제』의 2017년 9월 27일자 27면에 실린 서장훈의 인터뷰 기사. 한 면을 거의 다 채운 기사의 제목은 「보이는 모습보다 더 큰 거인 서장훈」이었다. 참으로 적절한 제목이 아닐 수 없다. 나는 아직도 서장훈의 진면목을 모두 알지 못한다. 그의 팬들 가운데도 나와 같은 분이 적지 않을 것이다.

"농구코트로 돌아갈 수도 있다."는 말은 반가웠다. 그러나 서장훈은 아주 신중했다. 그를 코트로 부르려는 팀은 '어느 정도' 조건이 갖추어져야 한다. 당장 성공을 거둘 가능성보다 실패할 확률이 낮아야 할 것이다. 내가 그렇게 생각한 이유는 방송과 관련한 대화를 하다가 받은 인상 때문이다. 서장훈은 자신의 한계(그런 것이 정말 있는지 모르지만)를 의식했다.

"제가 다시 농구를 하게 된다면 방송일은 하지 않을 겁니다. 농구를 하면서 다른 일을 할 수는 없습니다. 또 농구를 하다가 실패하더라도 방송을 다시 하지도 않을 겁니다. 그건 농구에 대해서도 방송에 대해서도 예의가 아니라고 생각합니다. (나는 서장훈이 그런 모습을 '추한 꼴'로 인식한다는 느낌을 받았다.) 제가 정말 농구를 한다면, 모든 것을 걸어야 합니다."

그러니까 서장훈이 농구코트에 선 모습을 보려면 그가 정한 목표에 도전해 볼 만한 조건을 갖춘 팀의 부름이 있어야 한다. 농구를 시작한다면 최선의 노력을 기울일 것이다. 그의 성격에 비춰볼 때 한 번 해보고 아니면 마는 식의 결정은 불가능하다. 방송, 특히 예능 프로그램에 출연하기로 결심했을 때도 그는 모든 것을 거는 심정으로 얼굴에 분장을 했다.

"어느 프로그램이 가장 재미있던가?"

"×××××××입니다."

"어떤 점이 가장 재미있던가?"

"제가 배우는 것이 많습니다."

서장훈은 머리 좋은 사람이 대개 그렇듯 비유에 능하다. 방송 일을 시작할 때 여러 사람이 자신의 정체성을 묻자 이렇게 대답했다.

"농구를 했던 내가 고기 집을 열었다고 하루아침에 '정육인'이 되는 것은 아니지 않나. 농구는 내가 가장 잘 알고 좋아한 운동이다. 농구에 대한 애정과 관심은 여전히 크다."

나는 서장훈에게 스포츠 스타의 예능프로그램 진출에 대

한 생각을 물었다. 그는 "얼마든지 할 수 있다."고 대답했다. 그러나 "잘했으면 좋겠다. 그래야 한다."는 희망과 전제를 달았다. 스포츠 스타의 장점은 좋은 상품이 된다. 하지만 품격을 떨어뜨리거나 일반인이 하기 어려운 기묘한 행동이나 역할로 재밌거리에 그쳐서는 안 된다는 생각도 하고 있었다.

"한동안 셰프님들의 방송 출연이 잦았습니다. 최근 '먹방'이 유행하는데도 방송에 자주 출연하던 셰프님들이 대부분 사라지고 몇 분만 남았습니다. 방송을 시작하는 스포츠 스타들이 잘 살펴야 할 부분입니다. 방송을 하다 실패하거나 흥미를 못 느낀 셰프님들은 주방으로 돌아가면 됩니다. 그러나 방송에서 실패한 스포츠 스타들이 돌아갈 곳은 많지 않다고 생각합니다."

서장훈이 방송인으로서 큰 성공을 거뒀지만, 나는 여전히 그가 어울리지 않는 곳에 가 있는 것만 같다. (꼰대) 그래서 그가 농구를 다시 한다면 말뜻 그대로 '컴백'일 수밖에 없다고 생각한다. 나는 그가 은퇴를 생각해야 할 나이가 됐을 때 훌륭한 코치가 되어 좋은 선수를 많이 길러내는 미래를 상상했던 것이다. 그는 말을 골라서 사용했고, 말하는 방법도 남달랐으며 소신이 뚜렷했다.

서장훈의 기량이 절정에 도달했을 때, 나는 잠시 상상했다. '한국의 슈퍼스타들이 전성기의 기량으로 일대일 대결을 했을 때 서장훈을 이길 선수가 있을까?' 나는 '서장훈이 역대 최강'이라고 생각했지만 (스스로 생각하기에 현명하게도) 무모한 기사는 쓰지 않았다. 나와 생각이 다른 농구팬들이 용서하지 않았으리라. 우선 허재 선수의 팬들이 나를 그냥 두지 않았을 것이다. 그 기사는 내 스포츠 기자 경력에 '역대급'의 흑역사로 남았을 것이고.

'서장훈이 최고'라는 나의 생각은 기록으로 정당함을 주장할 수 있다. 정규리그 통산 최다득점(1만3231점), 최다 리바운드(5235개), 최다 자유투 성공(2223개) 기록은 모두 서장훈이 갖고 있다. 정규리그 최우수선수(MVP)는 두 번(2000, 2006), 챔피언결정전 MVP는 2000년, 올스타전 MVP는 2006년에 거머쥐었다. 농구대잔치 MVP는 세 번(1994, 1997, 1998) 했다.

SK를 1999-2000시즌 정규리그 2위, 챔피언결정전 우승으로 이끌었다. 농구팬들의 뇌리에는 3점슛에 능한 장신 포워드로 남아 있겠지만 이 당시에는 정통 센터였다. 마흔다섯 경기에 나가 평균 24.2득점 10리바운드로 시즌 더블-더블을 기록했다. 늘 맨 앞에 선 장수였다. 챔피언결정전 파트너인 현대의 로렌조 홀과 골밑에서 가슴과 가슴을 쿵쿵 부딪치며 대결했고, 이 싸움에서 이겼다. 그의 승리는 곧 소속팀의 승리로 이어졌다.

국가대표로는 1994~2006년 12년 간 활약했다. 2002년 부산아시안게임에서 중국을 이기고 1982년 뉴델리아시안게임 이후 20년 만에 금메달을 따는 데 기여했다. 이 무렵 나는 독일의 분데스리가 클럽 바이엘04 자이언츠에서 연수를 하고 있었다. 우리 팀의 우승 소식을 듣고 얼마나 기뻤는지, 그 장면을 직접 보지 못해 얼마나 안타까웠는지! 사진으로 본 우리 선수들은, 특히 서장훈 센터는 눈물을 흘리고 있었다.

조금 과장하면, 나는 서장훈의 농구인생을 처음부터 끝까지 관찰했다. 나는 그가 휘문중학교 학생일 때 처음 보았다. 휘문고등학교와 연세대를 거치며 착실히 성장한 그의 잠재력은 (내가 보기에) 1995년 새너제이대학교에 가서 미국농구를 체험한 뒤 폭발했다. 1996년 3월 2일 최희암 감독과 함께 귀국해 연세대로 돌아온 그를 막을 상대가 국내 무대에는 없었다. (당시 그의 유학을 진로 문제와 연결 짓는 시각도 있지만 지금 내가 쓰는 글과 논점이 다르다.)

가슴 아픈 장면도 떠오른다. 1995년 2월 13일 농구대잔치 경기 도중 목을 크게 다쳐 쓰러지던 모습이 기억 속에 선명하다. 서장훈은 그 부상 때문에 은퇴할 때까지 목에 보호대를 매단 채 경기했다. 그리고 그가 감당해야 했던 몇몇 지도자들의 심한 체벌. 그는 정말 많이 맞았다. 심지어 국가대표가 되어서도 맞았다. 그가 맞는 모습을 기자들(언젠가는 대가를 치를 것이다.)과 학부형들, 특히 서장훈의 아버지 어머니도 지켜보았다. '그런 시절이 있었다.'지만, 돌이켜보면 참담하다. 나는 여러 번 감독, 코치들에게 물었다.

"왜 그렇게 때립니까?"

농구 시즌이 끝나고 여름종목인 프로축구를 취재할 때도 물었다.

"왜 그렇게 때리세요?"

청소년 대표 팀을 이끌고 신화적인 성적을 남긴 그 감독은 씩 웃으며 말했다.

"한바탕 두들겨 놓으면 확 달라져. 이따 후반전에 봐. 번쩍번쩍 날아다닐 테니."

'궁금하면 맞아보라.'며 절반은 농담, 절반은 협박을 한 지도자도 있다. 이런 분위기 속에서, 아들 사랑이 극진했던 서

바스켓볼 다이어리

장훈의 아버지도 체벌 장면을 담담히 지켜보았다.

여러 세월이 지났다. 서장훈이 '미투'를 한다면 무사하지 못할 지도자가 숱하다. 그러나 그는 농구를 떠난 다음 지나온 세월에 대해 말하기를 즐기지 않는 것 같다. 그는 자신이 지나온 세월을 선수 시절에 사용한 숙소처럼 말끔하게 정리해 두었을 것이다. 서장훈이 정말 농구코트로 돌아온다면, 그 모습 또한 남다를 것이다. 나는 그가 대학에서 교수로 일하면서 농구를 가르치는 상상을 여러 번 했다. 그의 선수들은 맞지 않고도 최고가 되리라.

단상(斷想)들

Marionette

머리로 배운 나의 농구라는 것이 얼마나 낡았는지 이따금 실감한다. 어떤 경기를 볼 때 감독이 왜 그런 선택을 하는지 전혀 이해하지 못하는 것이다. 또한 어떤 선수의 플레이를 그 동기나 과정, 내용과 결과 모두 납득하지 못하는 경우가 허다하다.

현장을 취재하다 보면 기자들에게 인기 있는 감독이나 선수가 보인다. 기자들은 곧잘 감독이나 선수에게 매혹되어 그들의 성공을 기대하고 응원한다. 때로는 상상의 세계에서 그들을 신화로 만들어낸다. 하지만 감독이나 선수의 입장에서, 이러한 환경은 그다지 큰 의미가 없다. 에누리 없는 현실이

바스켓볼 다이어리

그들의 앞을 가로막고 있을 뿐이다. 그들이 이겨내야 할 공간은 상상의 세계가 아니라 냉엄한 현실이다. 자칫 목숨을 잃을 수도 있는 약육강식의 세계다.

응원가는 허공에 메아리치다 사라지는 환청과 다름없다. 허재와 같은 스타들은 미디어가 키운 존재가 아니다. 그들은 각자 자신의 현실과 싸웠고 적어도 농구 코트에서는 매 순간과 투쟁했다. 그들의 명성과 업적은 그 결과물들이다. 헤아릴 수 없이 많은 '제2의 허재', '제2의 이충희'가 있었다. 대부분 미디어가 만든 별명이다. 그리고 그토록 수많은 '제2의' 그 무엇들은 누구의 기억 속에도 남지 않은 흔적으로 사라져갔다.

뛰어난 성적을 거두는 감독과 선수 중에도 미디어의 지지를 받는 사람들이 있다. 그러나 그들의 성취 역시 응원과는 무관하다. 그냥 그들이 뛰어난 것이다. 기자는 자신이 그야말로 아무것도 아니라는 인식에서 출발하는 게 낫다. 기자로서의 사명과 자존심 같은 것과는 다른 의미에서. 코트에서 땀도 눈물도 피도 흘려보지 않은 기자들이 농구를 알면 얼마나 알겠는가. "농구는 신장이 아니라 심장으로 하는 것이다." 같은 말은, 그냥 하는 말이다. 기자가 사용할 문장은 아니고,

곧이듣는다면 멍청이다.

다음은 최근 텔레비전 중계 덕분에 몇 경기를 지켜본 뒤 정리한 단상들.

남자프로농구 KT 93:88 삼성[*]

연장경기를 했다. 경기의 질을 평가하자면 인색할 수밖에 없다. 복불복 내기 같은 경기. 직업선수들의 경기라고 보기 어려운 실수가 연속해서 나왔다. 패한 팀의 허물이 크다. 가드가 톱에서 드리블을 하다 바이얼레이션을 지적받아 공격권을 내준다. 아웃 오브 바운스 장면에서 하프라인 바이얼레이션을 기록하는 경우는 자주 보기 어렵다. 물론 선수들이 지쳐 있는 연장전에서 벌어진 일이다. 그래도 삼성의 벤치는 자신들의 통제력을 점검해야 한다.

나는 하프라인 바이얼레이션을 기록한 선수의 (기량이 아니라) 팀과 경기를 대하는 마음가짐을 의심한다. 이 선수는 상대방이 자신에게 파울을 했다고 생각하는 장면에서 심판

---

[*] 2021년 3월 2일.

이 휘슬을 불어 주지 않으면 제자리에 멈추어 버리는 습관이 있다. 그 결과는 삼성이 4-5나 3-5의 수적 불리를 안고 수비하는 현실로 이어진다. 이런 태도는 동호인 농구에서도 환영받지 못한다. 이 선수에게 2005년 삼성에 입단했을 때의 마음가짐을, 정채봉 선생이 이야기한 '첫 마음'을 돌아보라고 권하겠다. 2005년 9월 30일자『중앙일보』의 22면에는 지금보다 훨씬 몸이 날렵한 루키가 '햄릿처럼 심각하다.'고 표현한 기사가 실렸다. 첫 마음을 간직한 사람만이, 그러니까 순수하고도 진실한 마음(Heart Of Gold)을 끝내 지켜내는 선수만이 자신의 이름에 부끄러움을 더하지 않을 것이다.

이 한 경기를 보고 삼성의 벤치나 선수를 나무라고 싶지는 않다. 불행하게도 이 언저리가 우리 프로농구의 경기품질이라는 현실을 감안해야 하니까. 경기가 끝난 다음 잠시 코치의 훈련 기술, 경기 구성 능력 등을 생각해보았다. 우리 농구의 벤치 영역은 더 개발할 필요가 있다. 냉정하게 말하면 사무국, 선수단, 벤치 중에서 가장 역량이 부족한 쪽이 벤치다. 물론 더 나아질 여지는 있다. 다만 나는 코치들이 비시즌에 어느 정도 자신에게 시간과 노력을 투자하고 있는지 (현장을 떠난 지 오래 되었기 때문이다.) 확인하기 어렵다. 지난 시절을 돌이켜 보면 프로농구 감독 가운데 유재학, 추일승, 유도훈 등은 배우는 데 매우 적극적이었다. 배우려는 이의 가슴속에는 야망과 겸허가 공존한다.

여자프로농구 플레이오프
삼성생명 (2승1패) 64:47 우리은행 (1승2패)*

두 팀 모두 놀라운 경기를 했다. 우리은행은 품위 있게 물러섰으며, 위성우 감독은 '클래스'를 보여주었다. 이 팀은 더 강해질 것이다. 삼성생명은 대단했다. 그래도 삼성생명의 승리를 이변으로 보고 싶지 않다. 승리한 팀에는 그만한 자격이 있다. 삼성은 믿기 어려운 힘을 발휘했다. 갈수록 강해졌다. 그 힘의 근원을 임근배 감독이라고 단언할 수 있다. 임 감독은 리그와 시즌을 조망하면서 긴 호흡으로 준비와 행동을 병행했다. 플레이오프 진출의 윤곽을 확인한 다음에는 선수기용 폭을 확대해 경험치를 높이고 에너지를 비축했다. 나는 윤예빈이나 김보미가 갑작스럽게 폭발했다고 생각하지 않는

---

* 2021년 3월 3일.

다. (기자나 경기인들이 '미쳤다.'는 표현을 쓰는데 그러지 않았으면 좋겠다.)

임근배 감독의 선수 기용 전략은 참신하면서도 이상적이다. 어느 지도자든 선수를 다채롭게 기용하고 싶어 한다. 하지만 상당수가 "그럴 선수가 없다."고 말한다. 남녀프로농구가 1쿼터 12분제를 채택하지 못하는 이유도 마찬가지다. 그럼 벤치에 앉아있는 저 수많은 남성과 여성은 구경꾼 아니면 식객(食客)이란 말인가. 우리 농구는 아직 "결국은 '할 놈'이 한다."는 정예주의가 지배하고 있다. 정예주의도 설득력이 없지는 않다. 우리는 마이클 조던이나 르브론 제임스 같은 슈퍼스타들이 결국은 타이틀의 향방을 결정한다는 사실을 잘 알고 있다.

우리 농구가 정예주의의 결실을 꾸준히 누려왔음을 부인하기도 어렵다. 1969년 남자농구 역사상 첫 아시아 제패는 '김인건-유희형-신동파-이인표-김영일'이라는 부동의 베스트5가 이룩한 업적이다. 1982년 뉴델리아시안게임(감독 방열) 금메달의 주인은 박수교-신동찬-이충희-신선우-임정명이다. 여자대표팀도 기용 폭을 크게 선택한 사례가 드물다. 1984년 LA올림픽(감독 조승연) 은메달 주역은 최애영-이형숙-김화순-성정아-박찬숙을 꼽아야 한다. 1990년 베이징아시안게임(감독 정주현)에서 우승한 대표 팀은 조금 폭이 넓어서 정미경-이형숙-최경희-성정아-조문주 라인에 정은순과 천은숙 등이 가세했다.

우리 농구의 한 흐름을 이룬 정예주의 선수 기용 전략은 그 자체를 비판하기 어렵다. 결국은 성적으로 평가할 수밖에 없다. 논란을 피할 수 없겠지만, 도쿄올림픽 본선 진출권을 따낸 우리 여자대표팀의 선수 기용 전략도 살펴봐야 한다. 대표 팀은 가장 중요한 목표인 본선 진출에 성공했다. 우리 대표 팀의 경기력에 비춰보면 최종예선 진출도 놀라운 업적이었다. 이 결과를 놓고 농구팬들이 "선수들을 고생시켜서 얻어낸 그따위 티켓은 필요 없다."고 비난한다면 겸허히 들을 수밖에 없다. 우리의 스포츠 팬들은 깨어 있다. "선수의 인권을 훼손하면서 따낸 올림픽 금메달은 더 이상 필요 없다."는 것이 우리 스포츠 팬들의 선언이자 요구이다.

'혹사 논란'은 매우 다루기 어려운 영역의 담론이다. 이 문제는 다른 기회에 깊이 들여다보겠다. 그러나 팬들의 비판과는 별도로 '미디어와의 소통 부족'을 문제 삼아 사령탑을 경질한 농구협회의 태도는 매우 비겁했다. 여러 보도와 증언을 참고하면 1승'과 '본선 진출'이라는 명징한 목표 설정에 협회와 대표 팀 사령탑이 공감했음이 명백하다. 그럼에도 불구하고 예선전을 모두 마친 대표 팀의 사령탑은 협회로부터 어떠한 보호도 받지 못했다. 적어도 이 당시의 상황만 살피면 농구협회는 경기 단체로서 무능했다는 비난을 피할 수 없다. 미디어와의 소통은 대표 팀 감독의 임무가 아니다. 필요가 있다고 해도 극히 일부분이다. 최종예선을 현장에서 취재한 기자는 몇 명이었는가. 우리 미디어는 전례가 없을 만큼 집요하고 강도 높게 대표팀의 감독을 비판했다. 그러나 대표팀의 훈련과정을 장기간 관찰하거나 현장에서 대회를 관찰한 기자는 아주 적었다.* 인터넷 포털의 '제휴사'에 몸담은 저널리스트들이 이렇게 저렇게 전해 듣고 퍼 나른 결과는 왜곡된 확신과 낙인찍기로 이어진다. 독자적인 매체가 아니라 포털에 의존하는 미디어 환경에서는 이런 일이 자주 벌어진다. 기자들은 팩트나 상식보다는 '댓글창'의 지배를 받는다. 악플이 두려워 대세에 편승하거나 '댓글러'들의 동조를 구하기 쉬운 쪽을 택한다. 미디어의 유일한 정의는 페이지뷰일 뿐인

---

* 연합뉴스의 김동찬, 점프볼의 한필상 기자가 최종예선을 취재했다.

가. 이와 같은 의문이 '옛날기자'의 오해이기를 바란다.

각설하고, 정예주의의 퇴조는 불가피하다. 삼성생명과 임근배 감독의 성공(챔피언결정전의 승패가 어떻게 가려지는가에 관계없이)은 이른바 트렌드의 이동을 보여주는 사례이다. 더불어 우리 농구가 지향해야 할 바람직한 방향의 일부를 제시했다고 평가한다. 임근배 감독의 실험을 승인하고 기다려준 삼성생명 프런트의 결단과 인내도 박수를 받아야 한다. 회사가 운동팀을 운영하는 우리 스포츠 토양에서 미래를 내다보고 선수에게 시간과 노력을 투자하는 일은 말처럼 쉽지 않다. 그러나 그 일을 해낸 구단은 강한 팀을 만들고 오랫동안 강자의 지위를 누린다.

#蛇足

선수의 능력차는 팀원들의 굳은 의지나 감독의 지략이 해결하기 어려운 과제이다. 일정 수준에 도달하지 못한 선수는 내가 "왜" 지고 있는지, 어떠한 행동을 "왜" 해야 하는지, 어떠한 행동은 "왜" 하지 않아야 하는지, 그 "왜"를 경기가 끝날 때까지, 아주 불행한 경우에는 선수생활을 그만둔 다음에도 깨닫지 못한다. 그래서 높은 수준의 경기는 습관과 숙달이 아니라 "왜"의 싸움이 된다.

경기에서 진 다음 "내가 실수를 했다." "내 책임이다." "내가 잘못했다."고 말하는 감독이 많다. 추세일까. 책임감 있고 '쿨한' 인상을 주고 싶어서일까. 아니면 그 순간 모든 것에 대한 포기? 하지만 기자 입장에서 감독이 이렇게 말하면 퍽 불편하겠다. 보이지 않는 벽에 가로막히는 느낌. 단절감. 어떤 실수를 했느냐고 묻고 싶지만 그러기 어렵다. 미안할 뿐 아니라 정말 실수를 한 감독은 설명해 주지 않을 테니까. 승부가 생업인 사람은 안다. 작은 균열을 파고들면 거대한 성채도 쓰러뜨릴 수 있음을. 터럭 같은 실수가 돌이킬 수 없는 결과를 낳는다는 사실을. 내가 기자라면 감독들과 신사협정을 하고 싶다. 경기 후 인터뷰에서는 "내가 잘못했다."는 말을 하지 않기로.

정신이 신체를 지배하는 경기

여자프로농구 챔피언결정전에서 보는 KB스타즈의 모습은 뜻밖이다. 나는 KB가 두 경기(1차전 삼성생명 76:71 KB, 2차전 삼성생명 84:83 KB) 내리 내주리라고 상상하지 못했다. 농구는 손으로 하는 데다 '키'라는 신체조건이 작용하는 운동이라 이변이 자주 나오기 어려운 경기다. 경기력이 강한 팀이 약하다고 평가되는 팀에 잇달아 지는 경우도 흔치 않다. 솔직히 나는 삼성생명이 첫 경기를 접전 끝에 내주거나 간신히 이길 것으로 예상했다. 두 번째 경기는 KB가 일방적으로 이긴다고 보았다. 그러니까 내 전망은 '시리즈 전적 3승1패 또는 3연승으로 KB 우승'이었다. 챔피언결정전은 아직 끝나지 않았지만 삼성생명이 잘해야 1승을 건지리라는 내 예상은 휴지통에 들어가고 말았다.

삼성생명의 김보미는 9일* 경기를 마친 다음 "정신이 신체를 지배하는 3차전이 될 것"이라고 했다. 1986년에 태어난 이 뛰어난 포워드는 플레이오프 시즌에 들어서자 삼성생명 농구의 아이콘으로 자리를 잡았다. 적지 않은 나이, 크지 않은 키, 경기당 30분 이상 뛴 적이 없는 평범한 커리어는 지금 그에게 아무런 장애가 되지 못한다. 수많은 불리를 딛고 끝내 일어서는 의지의 화신으로서 삼성생명뿐 아니라 여자 프로농구의 중심인물로 떠올랐다. 스포츠 뉴스에, 인터넷 포털에 매일 그의 이름이 오른다. 정신이 신체를 지배한다는 저 품위 있는 언어의 출처도 무르익은 인격의 깊은 곳에서 건져낸 것이라 감동과 믿음을 준다.

정신이 신체를 지배하는 선수를, 그러한 경기를 자주 보기는 어렵다. 허재가 남자프로농구 1997-1998시즌 플레이오프에서 손등뼈 골절을 딛고 맹활약해 소속팀 기아의 준우승에도 불구하고 최우수선수(MVP)에 뽑혔을 때, 마이클 조던이 훗날 플루 게임(flu game)이라고 불린 유타 재즈와의 1997-1998시즌 미국프로농구(NBA) 챔피언결정 5차전에서

---

* 2021년 3월.

38득점을 기록한 다음 탈진해버렸을 때가 아마도 그러한 시간이었을 것이다. 대한민국의 여자농구 경기에 그렇듯 웅혼한 이미지를 주입하기는 어렵다. 그러나 지금까지 삼성생명과 그 상징으로서 (김한별 선수의 절대적 영향력을 무시할 수 없음에도 불구하고) 김보미가 보여준 농구는 감동의 크기라는 면에서 앞서 제시한 사례 못지않다.

삼성생명은 이번 시즌에 큰 성공을 거두었다. 플레이오프를 거쳐 챔피언결정전에 도달하면서 단연 화제의 중심에 섰다. 타이틀이 걸린 경기는 분위기를 많이 탄다. 대중들은 특정한 팀이 이겨서 우승해야 한다는 무의식의 지배를 받기 쉽다. 리그를 운영하는 관계자들도, 심판진도, 심지어 경기를 하는 두 팀의 벤치와 선수들도, 또한 언론도 영향을 받는다. 코트 주변의 분위기가 강하게 한 방향으로 흐르면 그 물길을 돌리기가 매우 어렵다. 삼성생명은 '물 들어올 때 노를 저어라.'는 격언에 어울리게 지혜로운 경기를 하면서 대세를 장악하였다. 지금까지 챔피언결정전에서 먼저 2승을 거둔 팀은 100% 우승했다. 그러나 삼성생명은 자신들이 단일리그가 시작된 2007-2008시즌 이후 정규리그 4위 팀이 챔피언결정전에 진출한 첫 사례라는 사실도 잊지 않아야 할 것이다. 확률은 확률일 뿐이다.

KB가 청주에서 삼성생명을 큰 점수 차로 이겨도 나는 놀라지 않을 것이다. 내가 보기에 KB는 삼성생명보다 강한 팀이다. 삼성생명은 임근배 감독과 선수들의 '준비된 농구'로 KB를 두 번 연속 쓰러뜨렸다. 그래도 농구는 준비한 그대로 되기 어렵다. 2차전에서 삼성생명의 김한별이 결승골을 넣었지만 사실은 윤예빈을 위한 작전이었다고 하지 않는가. 이렇게 보면 운이 작용한 것 같다. 계획이 어긋나 선택지 밖의 경기를 했는데 결과가 좋았으니까. 하지만 '운도 실력의 일부'라는 생각을 버려서는 안 된다. 중요한 점은 그 장면에서 KB의 박지수는 쓰러졌고 김한별은 골을 넣었다는 사실이다. 김한별의 의지와 집중력이 마지막 장면에서 보상을 받았다.

승리를 거둔 뒤 삼성생명 선수들이 코트에 몰려나와 부둥켜안은 채 기쁨을 나누는 장면은 감동적이었다. 경기할 때는 표정의 변화가 거의 없어서 무슨 생각을 하는지 알 수 없는 윤예빈의 얼굴에도 밝은 빛이 스쳐 지나갔다. 김보미와 신이슬은 눈물을 흘렸다. (아, 예뻐라!) 그러나 삼성생명 선수들만 눈물을 흘리지는 않았다. KB의 선수들도 쓰디쓴 눈물을 맛보았을 것이다. 눈물은 감정을 정화하고 사람으로 하여금 다음 단계로 나아갈 수 있게 해준다. 챔피언결정전 두 경기의 승리도 패배도 '어제 내린 눈'일 뿐이다. (리누스 미셸스) 3차전은 다를 것이다. KB는 분명히 힘 있는 팀이다. 1차전은 일방적으로 불리한 흐름에도 불구하고 거의 따라잡았고, 2차전은 승리의 문턱에서 발을 헛디뎠다.

KB가 박지수를 중심으로 경기한다는 사실은 어떤 면에서든 불리한 조건일 수 없다. 국내 최장신인데다 미국 무대에서도 경쟁할 정도로 기량이 뛰어난 선수를 팀의 대들보로 삼지 않는다면 도대체 어떤 대안이 가능하다는 말인가. 박지수가 중심에서 활약을 하면 할수록 동료 선수들에게도 많은 기회가 부여된다. 박지수는 하이 포스트에서든 로 포스트에서든 최고 수준의 피딩 능력을 발휘하고 있다. 결국 KB는 3차전에서도 박지수를 팀의 기둥으로 삼아 착실하게 스코어 탑을 쌓아 나가야 마땅하다. 박지수는 삼성생명의 김보미와는 전혀 다른 차원에서 KB를 상징하는 존재다. 다만 한 가지, (지나치게 예민한 인식이겠지만) 나는 박지수를 무언가 불안한 이미지가 움켜쥐고 있다고 느낀다.

박지수는 도쿄올림픽 최종예선에서 '혹사' 논란의 중심이었다. 플레이오프와 챔피언결정전에서도 박지수의 이미지는 KB의 승패 모두를 책임지기 위해 홀로 희생하고 헌신해야 하는 존재다. 대표 팀에서도 소속 팀에서도 '혹사를 당하는 선수', 이것이 그의 이미지다. 챔피언결정전은 이틀에 한 번씩 경기가 열린다. 박지수는 정규리그 30경기에서 경기당 33분 57초, 플레이오프 들어서는 38분 39초 동안 코트를 지켰다. 긴 경기 시간은 에이스의 숙명이다. 김단비(신한은행 · 정규리그 36분 31초, PO 38분 33초), 강이슬(하나원큐 · 정규리그 37분 06초), 박혜진(우리은행 · 정규리그 32분 11초, PO 38분 20초)…. 어떤 에이스도 극심한 체력 소모를 피하지 못했다. 그러나 유독 박지수만 혹사의 아이콘으로, 희생양으로 이미지가 굳어버렸다. 나는 이러한 이미지가 젊은 선수에게 자기 연민을 강요하고 '슬픔의 농구'에 익숙하게 만들지 않을까 우려한다. 농구는 (내가 언제나 주장하듯이) 하늘을 날고 싶은 인간의 꿈을 담은 스포츠고, 그러기에 골을 땅바닥이 아니라 공중에 매달았다고 생각한다. 강하고 용감해야 대지를 박차고 날아오를 수 있다.

다시 3차전을 이야기하자. 홈 코트로 삼성생명을 불러들인 KB는 2차전보다 훨씬 강할 것이다. KB는 원래 강한 팀이고, 2차전은 거의 이긴 경기였다. 삼성생명의 입장에서는 가라앉는 배의 밑바닥에서 물이 차올라 목젖까지 적신 기분일지 모른다. 그렇다면 빨리 챔피언결정전이라는 유람선에서 탈출하고 싶을 것이다. 유효타를 많이 적중시켰지만 아직 상대를 KO시키지 못한 권투 선수는 경기가 후반으로 갈수록 두렵고 초조해진다. 한 대 제대로 맞으면 링 바닥에 누울 수도 있다는 사실을 아니까. 삼성생명의 기세에 휘말렸지만 1차전에서도 2차전에서도 결코 굴복하지는 않은 KB가 얼마나 냉정하게 자신들의 경기 방식을 지켜 나가느냐에 따라 3차전의 승패가 갈릴 것이다. 그런 점에서 나는 KB의 안덕수 감독이 어떻게 경기를 설계할 것인지 궁금하고 기대가 된다.

안 감독은 1차전에서 진 다음 인터뷰에서 "선수들의 움직임이 적었고, 수비도 준비가 안 되어 있었다. 선수들이 서 있었다. 공격을 누구한테 미루는 게 문제였다. (박)지수가 서 있는 선수에게 주니 상대한테 '툭툭' 걸려서 턴 오버가 나왔다. 전혀 토킹이 안 됐고, 오히려 상대의 기만 살려줬다."고 했다. 2차전 패배 이후에는 "턴 오버가 너무 많이 나와 추격을 당했다. 소극적인 모습이 많았고, 6초 남기고 공격권을 내준 것도 문제. (3차전 이후) 승부를 뒤집기 위해서는 정신력이 우선이다. 자신감과 서로 간의 소통이 필요하다. 선수단의 피로도가 정상적이라고 할 수 없다."고 정리했다. 여기까지 들으면 매우 실망스럽다. 안덕수 감독이 진짜 문제가 뭔지 모르고, 그렇기 때문에 제대로 된 해결책도 만들지 못하고 있다는 인상을 준다. 그러나 챔피언결정전까지 팀을 이끌고 온 감독이 그렇게 무능할 리는 없다.

나는 안덕수 감독이 인터뷰를 할 때 말을 아꼈다고 본다. 귀한 물건을 함부로 내보이는 사람은 없다. KB는 2차전에서 강한 팀의 면모를 보여줬다. 박지수를 중심으로 유기적으로 움직이면서 양쪽 코너와 엘보 지역에서 많은 슛 기회를 만들어냈다. 삼성생명의 수비 시스템을 크게 흔드는 능률적인 공격 작업이었다. (이 공격법은 계속 사용해도 상대가 대처하기 어렵다. 박지수의 압도적인 높이는 삼성생명의 골밑 선수들에게 물리적 한계를 경험하게 만들기 때문이다. 체력이 떨어진 조건에서는 키 1㎝의 의미가 상상하기 어려울 정도로 커진다.) 강아정은 내·외곽에서 모두 위협적이었고, 김민정은 삼성생명의 김보미나 윤예빈 못잖게 헌신적인 농구를 했다. 허예은의 당돌함과 기여도는 삼성생명의 신이슬에 비할 만했다. 안 감독은 이러한 조건과 자원들을 현명하게 재구성하여 3차전에 대비할 것이다. 그리고 우리는 경기를 관전함으로써 '안덕수 농구'

의 맨 밑바닥까지 들여다볼 수 있는 흔치 않은 기회를 누릴 것이다.

3차전에 모든 것이 걸렸다는 말은 100% 진실이다. 삼성생명이 승리하면 시즌이 끝나고, KB가 승리하면 리버스 스윕의 가능성이 구체화된다. 누가 더 초조하고 불안할지, 누가 더 자신이 있을지 노트북 앞에 앉아서는 짐작할 길이 없다. 하지만 팁오프가 되면 금세 알 수 있다. 삼성생명의 김보미도, KB의 안덕수 감독도 '정신'을 이야기했다. "정신력으로 승리한다."는 말은 정말 불합리하게 들리지만, 가끔 (사실의 차원을 넘어) 진실인 경우가 있다. 코로나19가 온 세상을 뒤흔드는 두렵고 우울한 시기에 이렇듯 뜨겁고 사랑스러운 인간의 경기를 거듭하는 두 팀의 선수와 감독, 팀 구성원 모두는 이미 박수를 받아 마땅한 큰 승리를 거두고 있다는 사실도 말해 둔다.

진광불휘
여자프로농구 챔피언결정전 5차전 삼성생명 74:57 KB

아름다운 밤, 삼성생명의 밤이었다.

언제나 무표정하던 윤예빈이 눈물을 흘렸다. 가장 아름다운 눈물이었다. 2차전이 끝났을 때 엉엉 울던 신이슬은 꽃술에 맺힌 이슬방울처럼 영롱한 웃음으로 코트 한구석을 밝혔다. 김보미는 웃으며 작별을 고했다. "농구를 쳐다보기도 싫다."는 예쁜 거짓말과 함께. 믿을 수 없을 만큼 훌륭한 경기를 거듭 보여준 김한별은 최우수선수(MVP)가 되어 합당한 상을 받았다. 주장 배혜윤이 그물을 자르는 모습을 보면서 전성기의 삼성생명 농구와 그 주인공들을 추억했다. 김화순, 성정아, 최경희, 박정은, 정은순…. 문득, 누구보다 가슴이 벅찼을 이미선 코치의 목소리를 듣지 못해 아쉽다. 임근배 감독은 선수단을 향해 큰절을 했다. 존중과 신뢰, 감사의 극한 표현이다.

KB는 준우승에 머물렀지만 결코 삼성생명보다 못한 팀이 아니었다. 앞으로도 오랫동안 강한 팀으로 군림할 것이다. 패배는 누구에게나 쓰라린 체험이다. 패배에서 무엇을 배울지는 구성원의 자질과 깊이에 따라 결정된다. KB는 위엄과 품위를 잃지 않고 명예롭게 물러섰다. 무엇보다 승리한 팀을 존중했고 축하를 잊지 않았다. 박지수는 김한별과 포옹을 하고 헤어졌다. 뭉클한 장면이었다. 다섯 경기를 하는 동안 두 선수의 접촉은 모두 충돌이었지만 마지막으로 몸을 맞댈 때는 위로와 축하가 있었다. 박지수는 지난 시즌을 치르는 동안 엄청나게 성장했다. 챔피언결정전에서는 자신이 얼마나 강한 센터인지 증명했다. 다음 시즌에는 그를 막아내기가 더 어려울 것이다. KB는 더 강해져서 돌아올 것이다.

나는 15일* 밤 서울 송파구 한국체육대학교 본관 2층에 있는 연구실에서 여자프로농구 챔피언결정전의 마지막 경기를 지켜보았다. 연구실에는 텔레비전이 없기에 포털 사이트

---

* 2021년 3월.

를 열어서 보아야 했다. 4쿼터 5분 34초, 삼성생명이 김한별의 슛으로 68-51까지 점수 차를 벌렸을 때 휴대전화의 벨이 울렸다. 전화를 건 사람은 지금은 사라진 옛 현대남자농구단에서 임근배 감독과 함께 운동한 농구인이었다. 그는 대뜸 17점차, 끝났네요. 임근배 감독이 우승했네요." 흥분한 그에게 "나도 지금 경기를 보고 있다. 나중에 통화하자."고 양해를 구한 다음 전화기를 내려놓았다. 73-57로 앞선 가운데 배혜윤이 자유투를 얻었을 때 임근배 감독은 벤치로 돌아가 기도를 드렸다. 경기는 40.7초 뒤에 끝났다.

마침내 챔피언을 가려낸 코트 분위기가 어느 정도 가라앉을 즈음 전화를 걸었다. 그리고 물었다. "왜 아까 나에게 그런 전화를 했느냐."고. 그는 내가 처음부터 삼성생명의 우승을 확신하는 것 같았고, 지금쯤 흡족해 하겠다 싶어서 전화를 했다고 설명했다. 나는 그냥 웃어넘겼다. 과거에 함께 땀 흘린 동료의 승리를 축하하는 마음을 모르지 않는다. 자신의 감정을 친근감이 느껴지는 누군가와 공유하고픈 마음도 이해한다. 그러나 30년 세월을 체육기자라는 의식을 간직한 채 살아온 나는 특정 팀이나 선수를 응원할 수 없다. 어느 정도 전문성 있는 개인의 견해는 곧잘 지지나 반대로 오해받기

십상이다. 나는 임근배 감독을 신뢰하지만 KB의 안덕수 감독과도 오랜 인연을 공유하고 있다. 안 감독도 훌륭한 경기를 했다.

나는 임근배, 안덕수 감독과 그들의 팀에 감사한다. 내가 농구경기를 몰입해서 보기는 참으로 오랜만이었다. 여자프로농구 플레이오프가 시작된 이후 전 경기를 관전했고 매번 집중했다. 그 결과 당초에는 한 달에 두세 번 쓰기로 작정했던 '농담'을 더 자주 쓰게 되었다. 삼성생명-우리은행, KB-신한은행으로 시작한 포스트시즌 경기들은 내 안에서 오랫동안 잠들었던 농구에 대한 열의를 (잠시라도) 깨웠다. 나는 2003년 이후 국내에서 벌어지는 농구 경기에 흥미를 잃기 시작했다. 농구 공부를 중단하지는 않았지만 국내에서 열리는 경기를 교재로 삼고 싶은 생각은 없었다. 아마도 2002년부터 2003년까지 독일 분데스리가 소속의 자이언츠 레버쿠젠(지금은 2부 리그에 속해 있다)에서 일한 경험에서 영향을 받았으리라.

모비스의 유재학 감독은 언젠가 "우리나라 프로농구 팀들이 결국은 똑같은 농구를 하게 될 것"이라고 한탄했다. 유 감독에게는 책상 모서리를 주먹으로 내려치며 '한국농구'의 현실을 개탄하던 40대 초반의 가슴 뜨거운 한 시절이 있었던 것이다. 외국인 선수가 '로또'로 통하던 시절이다. 유 감독은 실업팀 기아의 동료인 정덕화, 추일승과 자주 만나 잔을 기울이거나 낚시를 하면서 정열적으로 농구에 대해 이야기했다. 프로리그가 출범한 뒤 농구팀과 지도자의 농구철학이나 개성이 사라지고 외국인 선수 중심으로 단조롭게 이어지는 경기 방식에 대한 정직한 고민이 그 자리를 메웠다. 질풍 같던 그 시간들은 아득한 과거가 되어 흔적도 없이 사라졌다. 그러나 지금 우리가 보는 유재학 감독의 성공은 젊은 날 그의 고뇌가 베푸는 보상일 것이다.

나는 자이언츠에서 토마스 도이스터 단장을 통해 바이엘 소속 스포츠클럽의 행정을, 아힘 쿠츠만 감독을 통해 농구팀의 훈련과 경기방식을 배웠다. 쿠츠만 감독은 3부 리그(레기오날리가)에 속한 자이언츠의 2군 팀을 지도했다. 분데스리가(1부 리그) 소속팀의 2군은 2부 리그에서 뛸 수 없기에 3부 리그에 머물러야 했다. 자이언츠의 분데스리가 팀은 하이모 푀어스터 감독이 이끌었다. 나는 처음에 분데스리가 팀에서 일했지만 경쟁이 심한 리그에 속한 클럽에 짐이 될까 두려웠다. 그래서 2군 팀으로 옮기기를 요청해 쿠츠만 감독을 보좌하게 되었다. 자이언츠의 레전드이자 독일 국가대표 가드였으며 2006년 농구월드컵에서 독일대표팀 코치를 맡은 쿠츠만 감독에게서 모든 것을 배웠다. 선수들과 매일 땀 흘리고 벤치에서 일할 수 있어 좋았다.

내가 쾰른에서 공부하면서 매일 오후 1989년형 골프를 운전해 레버쿠젠으로 넘어가던 시절의 독일은 2002년 미국 월드컵에서 거둔 성과에 들떠 있었다. 독일은 뉴질랜드를 이기고 동메달을 따냈다. 미국은 4강에도 들지 못했다. 내가 레버쿠젠에 있는 독일식당 하우스 암 파르크(Haus am Park)에서 도이스터 단장을 처음 만나 예거슈니첼을 먹으며 "UCLA와 바이엘을 놓고 고민했다. 공부 때문에 독일을 선택했다."고 하자 그는 "탁월한 선택이다. 독일이 미국보다 농구를 훨씬 잘하잖아?"라며 농담을 했다. 이때 분데스리가에서는 스베티슬라프 페지치(쾰른), 딕 바우어만(밤베르크), 에밀 무탑치치(베를린) 등 뛰어난 감독들이 경쟁하고 있었다. 나는 중계되는 경기가 있으면 그때마다 녹화를 해서 그들의 농구를 공부했다.

그 무렵 독일의 클럽 팀들은 (슬라브계) 백인 센터를 기용하는 경우가 많았다. 미국 선수는 포워드 아니면 가드였다.

자이언츠는 독일대표팀 센터 위르겐 말벡에게 골밑을, 대표팀 가드 데니스 부허러에게 경기 운영을 맡기고 흑인 포워드 존 베스트(미국)에게 3, 4번을 커버하게 했다. 독일 감독들은 코트 밸런스와 패스의 흐름, 스크린(공격)과 스위치(수비) 같은 구성요소를 중시하면서 연출가처럼 팀을 지휘했다. 관중들은 골대가 부서질 것 같은 슬램덩크에 즐거워했지만 유려한 패스의 흐름이 아름다운 득점으로 이어질 때 더 많은 박수를 보냈다. 감독의 역량이 우열을 가리는 분데스리가의 경기방식은 관념과 지식으로 농구를 배운 나를 매혹했다. 그래서 독일에서 일하지 않겠느냐는 제안을 받았을 때 고민했다. 그때 내가 나를 독일에 보내준 회사(중앙일보)로 복귀한 것은 정말 잘한 결정이었다고 지금도 생각한다.

진광불휘(眞光不輝)라고 했다. 원래 어설프게 배운 돌팔이가 더 유난을 떨게 마련이다. 본질에서 멀어진 진리일수록 유연함을 잃고 원리주의가 되어 광신도를 낳는다. 거기 매몰되면 분별력을 잃거나 무지한 상태로 전락할 수밖에 없다. 내가 프롤로그에서 고백했듯이 나는 지난겨울을 맞을 때 우리 농구의 완전한 방관자로 전락한 처지였다. 농구는 나를 전혀 흥분시키지 않았다. 여자프로농구, 더 노골적으로 말하자면 삼성생명의 농구(=임근배 농구)를 지켜보면서 나는 오랫동안 잊고 지낸 농구의 즐거움과 아름다움을 다시 체감하게 되었다. 관념과 이상, 그리고 현장이 조화를 이루는 농구. 나는 그래서 임근배 감독과 안덕수 감독에게 감사할 수밖에 없다.

여자프로농구 시즌이 끝났다. 이제 남자농구를 자주 볼 생각이다.

삼성제일주의

여자프로농구 삼성생명의 우승은 큰 감동을 남겼다. (내가 보기에) 부족한 부분이 상대적으로 많았던 팀이 더 강한 팀을 이겼다. 흔히 "누가 더 강한지는 싸워 보아야 한다."고 말한다. 그러나 이 말은 아주 정확하지는 않다. 농구는 손을 사용해 좁은 공간에서 겨루는 경기다. 변수가 적은 편이다. 축구나 야구와 비교해 점수가 많이 나기 때문에 표본이 많다. 그 결과는 평균치에 수렴할 수밖에 없다. 그래서 약한 팀이 강한 팀을 상대할 때 공격제한시간을 활용해 경기 템포를 늦추는 작전을 즐겨 쓴다. 공격과 수비의 횟수가 줄면 슛을 던지는 횟수도 준다. 그러면 오차범위가 커지고 선수 개개인과 팀의 능력이 평균치에 도달하기 어려울 수 있다. 이 작전은 공격제한시간이 30초일 때 효과가 더 컸다. 24초 제한 상황에서는 더 간결한 연결과 마무리가 필요하다. 특히 강한 팀에게.

동네 마트에서 가정에 상품을 배달하기 위해 운용하는 경형트럭이나 승합차는 고속도로에서 고성능 자동차를 이길수 없다. 하지만 산 아래 자리를 잡은 올드 타운이라면 이야기가 달라진다. 그곳은 길이 좁고 구불구불하며 과속방지턱이 즐비하다. 그뿐인가. 곳곳에 맨홀이 푹 꺼져 있다. 아이들이나 노인이 툭툭 튀어나온다. 이런 곳이라면 배달용 경형트럭이 슈퍼카보다 먼저 고객을 만날 수도 있다. 그러니 맹수와도 같이 힘이 강한 팀이라면 사냥감이 그런 곳으로 달아나지 못하도록 길목을 지켜야 한다. 승부의 세계는 약육강식의 야생이나 다름없다. 하지만 사자도 초식동물을 맘대로 잡아먹지는 못한다. 온 가족이 달라붙어 사냥에 나서도 성공률은 10%에서 20% 사이라고 한다. 자연다큐멘터리를 보면 사냥하던 사자가 하마에게 머리를 통째로 물려 사경을 헤매기도 한다. 고립된 사자가 하이에나 떼에 둘러싸여 공격당한 끝에 목숨을 잃기도 한다. 들소 떼에 잘못 걸려 수없이 뿔에 찍히고 럭비공처럼 날아다니다 잘 다진 산적이 되어버리기도 한다. 물에 발을 잘못 들였다가 악어의 댄스 파트너가 되기도 한다. 악어가 사냥감을 물고 물속에서 몸을 회전하는 동작을 '죽음의 무도(舞蹈)'라고 부른다.

지금 막바지를 향해 치닫는 여자배구 챔피언결정전을 보라.* 한 팀은 '어차피 우승하리라'던 강한 팀이다. 그러나 이 팀은 갑작스럽게 뛰어난 선수 둘을 잃어버린 뒤 흐름을 잃었다. 그 둘이 없어도 강한 팀이지만 걸음이 흐트러지면서 길에서 벗어났다. 그들보다 구성이 뛰어나지는 않았지만 더 단결된 팀이 정규리그 1등 자리를 빼앗았다. 챔피언결정전에서도 다르지 않았다. 우승후보였던 팀은 완전히 포위당했다. 1, 2차전에서는 빠져나갈 길을 찾기 전에 무자비한 공격을 당했다. 사냥꾼이 도리어 사냥감이 되어 버린 것이다. 여자농구에서처럼 3, 4차전을 건져 동률을 이루고 최종전으로 몰고 갈 수도 물론 있다. 그럴 가능성은 아주 작아 보인다. 그러나 어떤 결과가 나오든, 우승할 가능성이 컸던 팀의 몰락보다는 그 팀을 이긴 상대와 그 소속 선수들에게 찬사를 바쳐야 한다. 코트와 벤치가 하나 되어 보여준 그들의 플레이는 배구팬 누구라도 반할 만큼 매력이 넘쳤다. 그들은 팀 정

---

* GS칼텍스가 흥국생명을 누르고 우승했다.

신을 보여주었고, 선수들은 경기를 거듭할수록 기량이 향상되었다.

다시 삼성생명으로 돌아와서, 그들이 거둔 승리의 의미를 생각한다. 너무 야박할지 모르지만, 또한 무수한 비난을 받으리라고 짐작하지만, 나는 샐러리 캡 소진율 꼴찌(81.43%)인 팀이 1위(우리은행 100%)와 2위(95.00%) 팀을 차례로 꺾고 우승한 결과가 그다지 통쾌하지만은 않다. 모기업이, 그리고 구단 관계자들이 팀을 위해 흘린 땀의 값은 선수들이 훈련장과 코트에서 흘린 땀의 값 못지않다. 해마다 좋은 성적을 올린 구단은 많은 예산과 정성과 노하우를 팀을 위해 투자했을 것이기 때문이다. 삼성생명의 우승을 폄훼하고 싶은 마음은 추호도 없다. 그렇지만 승리의 공로는 절반 이상을 임근배 감독이, 나머지 절반의 절반 이상을 선수들이 가져가야 한다고 생각한다. 삼성생명은 물론이고, 삼성의 간판을 내건 유수한 스포츠 팀들은 대부분 후퇴를 거듭하고 있다. 삼성 스포츠를 상징해온 유일한 언어, '제일주의'는 과거의 그림자가 되어 버렸다. 삼성의 여러 스포츠 팀들은 타이틀이 아니라 출석인증에 만족하는 것 같다. 올레를 걷고 나면 구간인증 도장을 찍고, 모든 구간을 걷고 나면 마침내 그

바스켓볼 다이어리

길과 작별한다. 삼성 스포츠를 지켜보면서 나는 작별의 공포를 가끔 느낀다.

나는 현장 기자로 일하면서 삼성의 제일주의를 여러 차례 체감했다. 그중에 대표적인 사례를 꼽는다면 프로축구 삼성 블루윙스다. 1995년 12월 15일에 창단한 수원은 당시 중앙일보사에서 일하던 나의 출입처였다. 창단 작업이 한창일 때, 삼성 본관에서 만난 임원 한 분의 말씀을 기억한다. "우리 삼성이 축구팀을 만든다면 국내리그 우승에 만족하지 않을 겁니다. 회장께서는 '유럽 수준'의 축구팀을 원하세요. 과감하게 투자할 겁니다." 삼성 블루윙스의 모델은 독일이었다. 윤성규 초대 단장은 독일 축구계에 인맥이 두터운 동포 축구인이고, 김호 창단 감독은 브레멘에서 지도자 수업을 했다. 코치 조광래는 독일 프랑크푸르트와 프랑스의 파리 생제르맹에서 연수를 하고 프랑스 코칭 아카데미에서 지도자 수업을 받았다. 팀이 이렇게 모양을 갖추자 지향점이 더욱 구체화됐다. 삼성 축구가 빠르게 상위권에 자리 잡고 리그의 강자가 된 과정은 그들이 거둔 성적이 말해준다. 삼성은 리그 우승 네 차례, FA컵 우승 다섯 차례, 리그컵 우승 여섯 차례, 슈퍼컵 우승 세 차례, 아시아챔피언스리그 우승 두 차례,

아시아슈퍼컵 우승 두 차례, A3챔피언스컵 우승 한 차례를 기록했다. 국내 더블(K리그와 리그컵) 두 차례, 국제 더블(아시아챔피언스리그 및 FA컵) 한 차례의 기록도 남겼다. 이런 팀이 2011년 11월 20일 열린 프로축구 6강 플레이오프 경기에서 홈 팬들의 야유를 받는다. 삼성은 부산 아이파크에 1-0으로 이겼다. 그러나 선제골을 넣은 뒤 수비 일변도로 경기하자 홈 팬들이 "공격을 하라."며 질책했다. 나는 이들이 충성도 높은 팬으로서 삼성의 '창단정신'에 닿아 있다고 믿는다. 단장과 감독이 대물림 되면서 '푸른 날개'가 상징하는 삼성의 기상은 기억 저편으로 사라져갔다. 그러나 팬들은 끝까지 잊지 않은 것이다.

내가 보기에 삼성생명의 우승은 임근배 감독이 추구한 사람 중심의 농구, 스포츠의 본질에 닿은 농구, 미래에 투자한 농구, 인격과 사랑과 신뢰의 농구가 거둔 결실이다. 감독과 선수의 '맞절'이 이 사실을 함축해 보여준다. 나는 삼성생명 구단(정확히 말해 제일기획) 정책의 승리라고 보지 않는다. 그래서 구단과 모기업의 주요 결정권자들이 "거봐 우리 말이 맞잖아."라고 착각하거나 자기 최면에 빠지지는 않는지 지켜보고 있다. 지난 시즌의 우승이 삼성생명 구단의 가치관이나 철학을 단숨에 바꿨으리라고 생각하지도 않는다. 스포츠에서 삼성제일주의는 (관리주체의 회사명에 '제일'이 들어 있기는 하지만) 거세된 것 같다. 설령 누군가 야망을 품는다 해도 그 것을 실현할 물질적 토대가 준비돼 있는지 모르겠다. 그래도 삼성스포츠, 좁혀 말해 삼성생명 여자농구 구단의 철학에 조금이라도 변화가 있다면 그 징후는 곧 알아챌 수 있을 것이다. 삼성생명은 우승의 기쁨을 오래 누릴 겨를도 없이 자유계약(FA) 선수들과 협상을 앞두고 있다. 협상 방식과 결과를 보면 윤곽을 그릴 수 있다. 팬들도 각종 미디어를 통해 상황을 모니터할 것이다. 이번 FA 협상장에는 리그의 판도에 영향을 줄 수 있는 스타들이 많이 나왔다. 어느 팀을 응원하든, 팬들이 스릴을 느낄 만하다.

지켜보겠다.

덤: 3월 29일 오전에 임근배 감독과 잠깐 통화했다. 그는 운전을 해서 어딘가 찾아가는 중이었다. 전화기 주변에 바람 스치는 소리, 엔진 웅웅거리는 소리가 들렸다. 곧 조용해졌으니까, 그는 자동차를 세우고 통화한 것 같다. 미안한 마음이 들어 얼른 몇 가지 묻고 끊었

다. 대화 중에 (질문의 주제는 아니었다.) 임 감독이 감독과 선수 사이를 '사제(스승과 제자)'의 관계로 표현하는데 거북함을 느낀다는 사실을 알게 되었다. (특히 여자) 농구에서는 선수들이 감독이나 코치를 '선생님'이라고 부르는 경우가 많다. 임 감독은 "규모가 작은 실내 종목의 특징이 아닐까요?" 하고 되물었다. 그러나 그는 선수들이 '가르쳐야 할 학생'이 아니고 '같은 일을 하는 동반자'라고 생각했다. 감독과 선수 모두 구단이 고용하며, 감독은 감독의 일을 하고 선수는 선수의 일을 한다는 것이다. 임 감독은 '선생님'이라는 호칭이나 '사제지간'이라는 관계규정이 감독이 선수들을 마음대로 대해도 괜찮다는 보증서는 아니라고 주장했다. 그런 생각들이 지도자로 하여금 선수들을 '내 것'으로 인식하게 만들고, 여러 가지 불합리를 낳는다고도 했다. 감독의 목소리가 점점 커졌다. 나는 그의 말을 듣는 게 싫지 않았지만 시간을 너무 많이 빼앗는 것 같아서 서둘러 끊었다. 그는 곧 아이들이 있는 캐나다로 간다고 했다. 행복한 시간을 보내고 건강한 몸으로 돌아오기 바란다.

바스켓볼 다이어리

유도훈

전자랜드 남자프로농구단이 오늘* 오후 7시에 전주에서 KCC를 상대로 정규리그 마지막 경기를 한다. 플레이오프가 남았는데도 오늘 경기가 전자랜드의 2020-2021시즌을 마감하는 것처럼 느껴진다. 그뿐 아니라 전자랜드라는 이름으로 팬들 앞에 모습을 보이는 마지막 무대 같다. 그리고 이러한 사정을 곱씹으니 무심하고자 노력해온 나의 마음에도 물결이 인다. 이 팀이 창단되어 오늘에 이르는 과정은 내 정체성의 일부, 생애사의 한 페이지임을 부인하기 어렵다. 나는 '체육기자'이며 '농구기자'라는 관념에서 자유롭지 않다. 국립체육대학교에서 학생을 가르치는 지금도 사고의 밑바닥에

---

* 2021년 4월 6일.

저널리스트의 본능이 잠복했다. 그 본능이 현장과 현상을 들여다보는 매 순간 내게 영향을 준다. 아무튼 오늘 전자랜드 엘리펀츠가 (정규리그의, 내 마음속의) 마지막 경기를 한다.

전자랜드의 역대 사령탑은 대개 나와 인연이 도탑다. 1994년 대우 제우스의 창단 사령탑은 최종규 감독-유재학 코치였다. 최 감독은 지나치게 크리틱한 나의 기사를 불편해하지 않고 유쾌한 대화의 기회로 받아들였다. 그의 깊고 넓은 마음 씀씀이를 진심으로 존경했다. 내가 농구와 관련한 논문을 쓰기 시작한 2012년, 인천에 머무르던 최 감독은 가능한 모든 수단을 동원해서 자료 수집을 도왔다. 찰리 마콘, 제프 고스폴에 대한 나의 이해는 일차적으로 그가 제시한 자료와 증언에 기초했다. 유재학 코치는 대우의 감독으로 시작해 신세기, SK빅스를 거쳐 모비스를 지휘하는 장구한 시간 동안 남다른 능력과 업적을 보여주고 있다. 유 감독은 나의 중요한 취재원이자 농구 공부를 함께 하는 도반이다. 배우고 공감하는 능력이 뛰어날 뿐 아니라 의리가 있어 언제나 훌륭한 사람들이 주변을 지키고 있다. 나는 농구 현장을 떠난 지 오래지만 뛰어난 코치로서 매 시즌 업적을 쌓아 나가는 그를 변함없이 존경한다.

박수교 감독은 부진한 성적을 남기고 물러났지만 나는 그가 아마추어 현대에서 일할 때부터 정직하고 의리 있는 사나이로서 신뢰하였다. 제이 험프리스와는 바이엘 자이언츠의 코치로 일한 캘빈 올덤을 연결고리로 인연이 닿았다. 이호근 감독대행 역시 아마추어 현대의 선수 시절부터 살가운 사이였다. 최희암 감독은 내가 농구기자 생활을 시작할 때 연세대를 이끌었다. 그는 연세대를 1993-94 농구대잔치 우승으로 이끄는 과정에서 문경은-우지원-이상민-서장훈 등을 스타로 키웠고, 남자농구가 겨울철 인기종목으로 성장하는 데 결정적으로 기여했다. 2005년에는 나의 모교인 동국대학교 감독을 맡아 각별한 인연을 맺었다. 당시 모교 대학원에서 박사과정을 밟던 나는 매주 한두 번 훈련을 지켜보고 대화도 하면서 그의 진면목을 알게 되었다. 기승호, 김강선, 천대현, 정재홍 등이 그가 키운 선수들이다. 박종천 감독은 아마추어 현대에서 신선우 감독을 보필할 때부터 깊게 대화한 상대였다. 성실하게 자료를 모으고 공부하는 지도자였다. 그러나 나는 전자랜드라는 팀을 떠올릴 때 가장 먼저 유도훈 감독을 생각한다. 그러지 않으면 나 자신이 공평하지도 정확하지도 않으며 심지어 무지하다고 생각할 수밖에 없으므로.

유도훈 감독이 나의 시야에 들어온 시기는 그가 연세대를 졸업하고 실업농구 현대에 입단한 1990년이다. 훈련장에서 가장 반짝이는 존재였다. 나보다 키가 작았지만 이미지는 거대했다. 선수 유도훈은 프로농구 현대의 벤치 멤버로서 포인트가드 이상민을 뒷받침했다. 나는 그가 교체되어 코트에 들어갈 때마다 벤치로 돌아오는 이상민보다 크다고 느꼈다. 이때는 '천리안'과 '하이텔'의 시대였다. 나는 지인이 관리해준 〈허진석의 농구이야기(huhball.co.kr)〉에서 자주 선수 유도훈을 언급하였다. 유도훈은 손가락 마디만큼이나 작지만 대륙에서 대륙으로 비행하며 먹이와 사랑을 찾는 벌새, 원자로에 들어가는 핵연료 막대처럼 파괴적인 에너지를 내장한 사나이였다. 그의 농구는 언제나 불리한 환경에서 전개되었다. 선수로서는 작은 체구로 거인의 숲에서 살아남아야 했고, 지도자로서는 만성적으로 재정불안을 겪는 팀의 선수들을 이끌어야 했다. 그러나 유도훈 감독은 의기소침하지도 자기연민에 빠지지도 않았다. 언제나 최선의 농구를 보여주었고, 결과는 항상 기대 이상이었다. 올해도 전자랜드를 이끌고 플레이오프에 진출했다. 삼성, SK, LG와 같은 굴지의 기업 구단이 모두 유도훈 감독과 전자랜드의 발아래 있다.

전자랜드의 운명이 어떻게 될지, 유도훈 감독의 앞길이 어떻게 될지 나는 모른다. 전자랜드는 여러 면에서 가치가 있는 팀이니까 좋은 곳에서 받아 운영하면 좋겠다.* 유도훈 감독은 내가 보기에 우리 남자농구의 한 시대를 갈음하는 위대한 지도자로서 역사에 이름을 남길 자격이 있다. 유도훈 감독과 비교할 프로농구 지도자는 유재학, 신선우, 최인선 감독 정도다. 이 가운데 현역은 유재학 감독뿐이니 긴 시간이 지난 다음 우리농구 역사의 2020년대에는 유재학-유도훈만 남을 수도 있다. 농구대잔치 시대 전체를 볼 때 방열과 김인건이라는 뛰어난 감독 두 사람을 떠올릴 수밖에 없듯이. 매우 유능한 최인선 감독이 실업 무대에서도 업적을 새겼지만 나는 그가 맡은 아마추어 기아를 방열 감독 체제의 연장선으로 이해한다. 최 감독은 온전히 자신만의 농구로 정상을 정복해낸 SK 시절 진경에 이르렀다. 그는 1999-2000 플레이오프에서 신선우 감독이 이끄는 현대를 제압하고 SK에 첫 우승을 안겼다. 프로농구 출범 이후 처음으로 두 팀을 챔피언결정전 우승으로 이끈 감독이다. 슈퍼스타 이충희, 허재,

---

* 2021년 6월 9일 한국가스공사가 전자랜드 프로농구단을 인수했다.

강동희, 문경은, 추승균, 현주엽 등이 프로농구 사령탑에 올랐지만 이러저러한 이유로 경쟁에서 탈락한 데 비춰보면 불사조와 다름없는 유도훈 감독의 오늘이 더욱 돋보인다.

한 시간 뒤 경기가 열린다. 역사의 한 장면이다. 저물어가는 한국체육대학교의 오후, 내 연구실에 있는 컴퓨터의 모니터로 유도훈 감독의 경기를 보겠다. 기자의 자세는 불편부당해야 하겠지만 오늘은 유도훈의 마음이 되어 40분을 보낼 것 같다. 그래도 허물은 허물이다. 감수하겠다.

잡어(雜語)

중국 춘추시대의 뛰어난 재상 안영(晏嬰)의 이야기로 시작하겠다. 그의 자는 중(仲)이요 시호는 평(平)이며 제나라의 영공(靈公), 장공(莊公), 경공(景公) 3대를 섬겼다. 제 환공(桓公)을 보좌한 관중과 더불어 춘추 시대를 대표하는 명재상으로서 내정을 잘 보살피고 외교에도 능했다. 그가 봉직하는 동안 제나라는 환공 시대 다음가는 제2의 전성기를 누렸다. 공자도 제나라 관직을 원했으나 안영이 반대하여 뜻을 이루지 못했다.

안영의 행적을 『안자춘추』, 『춘추좌씨전』, 『사기』 등에서 찾을 수 있다. 안영은 검소하여 밥상에서 고기를 찾기 어려웠다고 한다. 물론 식성과 체질 탓도 있었을 것이다. 사서(史書)는 안영의 키가 '여섯 자(尺)에 미치지 못한다.'고 기록하였다. 당시 한 자는 22.5㎝니까 여섯 자는 135㎝다. 제나라의 '넘버2'는 140㎝도 되지 않는 단구였던 것이다. 그러나 슬기롭고 용기가 있었다. 언제나 나라를 최우선으로 생각하여 간(諫)하였기에 군주도 함부로 대하지 못하였다. 사마천이 『사기』에 적기를 "그가 간언할 때는 그 군주의 안색에 아랑곳하지 않았으니 이것이 바로 '나아가서는 충성을 다할 것을 생각하고 물러나서는 허물을 고칠 것을 생각한다(進思盡忠退思補過)'는 것인가."라고 하였다.

양두구육, 안자지어

'양두구육(羊頭狗肉)'의 고사도 그의 직언에서 비롯되었다. 영공은 안영이 처음으로 섬긴 군주인데, 이때에 도성의 여성 사이에 남장 풍습이 유행하였다. 영공이 금하는 영을 내렸으나 풍습은 여전했다. 유행은 영공의 비빈(妃嬪)에게서 시작되었는데, 이들에게는 금령을 적용하지 않았으니 풍습이 사라질 리 없었다. 금령이 듣지 않음을 의아하게 생각한 영공이 안영에게 이유를 물었다. 안영은 "지금 하시는 일은 소의 머리를 내걸고 말고기를 파는 것과 같습니다. 궁정 안에서부터 금한다면 유행은 곧 사라질 것입니다." 하고 직언하였다. 영공이 옳다 여기고 그대로 하니 도성 내에서 남장한 여성을 볼 수 없게 되었다. 여기서 나온 사자성어 '우두마육(牛頭馬肉)'이 세월 따라 변화하여 '양두구육'이 되었다.

양두구육만큼 유명한 사자성어가 '안자지어(晏子之御)', 즉 '안자의 마부'다. 하찮은 지위에 만족하여 뻐기는 사람의 비유. 윗사람의 위세만 믿고 우쭐대는 사람의 비유다. (조기형 이상억, 『한자성어·고사명언구사전』) 여우가 호랑이의 위세를 빌려 허세를 부리는 호가호위(狐假虎威)와 흡사하다. 여우는 호랑이를 이용하여 실제로 고약한 짓을 하지만 안자의 마부는 제가 잘난 줄 알고 의기양양하다가 충고를 받고 깨달음에 이르는 점이 다르다. 『사기』의 「관안열전(管晏列傳)」에는 이렇게 전한다.

안자가 외출할 때 마부의 아내가 문틈으로 자기 남편을 엿보았다. 남편은 재상의 마부이므로 큰 일산(日傘)을 받쳐 들고 말 네 마리를 채찍질하며 의기양양했다. 남편이 돌아오자 아내가 헤어지자고 하니 남편이 까닭을 물었다. 아내가 말하였다. "안자는 키가 6척도 되지 않지만 재상으로서 명성을 떨치고 있습니다. 오늘 그가 외출하는 모습을 보니 품은 뜻이 깊고 항상 스스로 낮추는 모습이었습니다. 그런데 당신은 키가 8척이나 되건만 남의 마부 노릇이나 하면서 의기양양하니 제가 헤어지려고 합니다." 남편은 깨달음을 얻어 겸손해졌다. 안자가 마부의 달라진 모습을 이상히 여겨 물으니 그가 사실대로 대답했다. 안자가 그를 천거해 대부(大夫)로 삼았다.

천거(薦擧)란 어떤 일을 맡아 할 수 있는 사람을 그 자리에 쓰도록 소개하거나 추천하는 일이다. (『표준국어대사전』) 『행정학사전』에 따르면 천거는 조선 시대에 3품 이상의 고급관리들에게 관리로서 적합한 관원 후보자를 3년마다 3인씩 추천케 하는 임용 제도를 말한다. 천거는 과거(科擧) 제도의 단점을 보완하고 유능한 인재를 널리 구하기 위해 실시되었으나 점차 문벌과 파벌 중심으로 변질되어 운영되었다. (이종수)

바스켓볼 다이어리

진정 강해야 하는 자리

실내스포츠 시즌이 막바지에 접어들었다. 여자프로배구와 여자프로농구는 우승팀을 가려냈다. 남자프로배구와 남자프로농구는 플레이오프를 하고 있다. 두 리그의 우승팀이 가려지면 봄기운도 기울고 여름이 멀지 않다. 곧 프로야구와 프로축구의 시절이며, 올해는 올림픽이 (예정대로라면) 열리기에 스포츠팬들이 즐길 거리가 많다. 대중의 시선이 프로야구와 프로축구와 올림픽으로 옮겨간 뒤라고 해서 겨울종목 구단들의 일거리가 줄지는 않는다. 프로스포츠의 숙명은 시즌 종료가 곧 새 시즌의 시작을 의미하고 (그런 점에서 지난 시즌 우승팀이 '챔피언팀' 마킹을 부착하고 차기 시즌 리그에 참가하는 행위를 부당하다고 본다.) 만남과 이별의 중단 없는 순환에서 벗어날 수 없다는 데 있다.

경기가 열리지 않는 동안에 구단 직원들이 해야 할 일 가운데 인사(人事)보다 중요한 일은 달리 없다. 선수를 새로 뽑고, 내보내기도 한다. 구단 차원에서 가장 큰일은 사령탑의 교체가 아닐까. 여객기의 기장, 크루즈의 선장을 바꾸는 일이니까 특정인에게 일정 기간 선수단의 운명을 맡기는 일이다. 잘못된 인선은 상당기간 팀에 후유증을 남긴다. 그러한 후유증은 잘못 뽑은 사령탑이 물러난 뒤에도 오랫동안 팀에 피해를 준다. 그렇기 때문에 구단에서도 신중에 신중을 기한다. 구단이 수집한 각종 정보를 분석하고 평가하고, 괜찮은 대상을 골라 대화해 보기도 한다. 팀을 맡아 일하고 있는 현역 지도자가 아니라면 대부분 적극적으로 팀을 맡아 일하겠다는 의욕을 보일 것이다. 가장 아름다운 미래를 제시하면서 자신을 어필할 것이고.

나에게는 연례행사처럼 거듭해온 일이 몇 가지 있다. 농구 시즌이 끝난 다음 프로농구 구단에서 일하는 분들의 전화나 방문을 받는 일이다. 대개는 '오랜만에 밥이나 먹자.'거나 '차나 한 잔 하자.'는 식으로 시작한다. 그러나 만나서 밥을 먹거나 차를 마시다 보면 아무래도 농구 이야기를 하게 된다. 그중에 절반 이상은 '사람' 이야기다. 솔직한 분들은 "이번에 감독을 새로 뽑아야 하는데 좋은 사람을 천거해 달라."고 말씀한다. 그냥 지나가는 말처럼 애매하게 이야기를 꺼내는 분도 있지만 골자는 뻔하다. 나도 기자로 30년을 일했는데 그런 눈치 정도야 없겠는가. 다만 나의 대답은 분명하기 어렵다. 솔직히 누군가를 콕 찍어서 천거한 일도 없다.

"저는 옛날 기자입니다. 요즘 농구가 어떻게 돌아가는지 모릅니다."

이렇게 말하면서 발을 빼기 위해 노력한다. 답답해진 방문객은 방법을 달리 해서 누군가의 이름을 대며 "이 사람은 어떠냐, 저 사람은 어떠냐."는 식으로 평가를 요구한다. 내 대답이야 뻔하지 않겠는가. 다 '좋은 사람'이지. 그러나 그분들의 절박함을 모르지 않으므로, 나도 '서비스'를 조금 한다. 그분들이 묻는 대상자의 어떤 점이 좋은지 내가 아는 한 세세하게, 최선을 다해서 나의 견해를 설명한다.

내가 생각하기에 프로농구단이라면 좋은 감독을 뽑기에 앞서 강한 프런트를 구축해야 한다. 그 정점은 물론 (사장이 아니고) 단장이다. 사장이 아무리 농구에 밝아도 (특히 경기인 출신의) 전문가인 단장을 능가하기 어렵다. 단장은 사장의 부하나 보좌역이 아니고 존중받아야 할 전문경영인이다. 구단의 정점은 단장이어야 한다. 뛰어난 안목과 실력, 팀의 미래를 내다보는 비전과 사람을 사로잡는 매력을 겸비한 단장이 있는 구단이라면 매우 긴 시간 동안 높은 수준의 경기력을 발휘하고 고급스런 구단 문화와 팀 정신을 유지할 수 있을 것이다. 반론과 비판을 무릅쓰고 말하자면, 내가 이상적이라고 생각하는 형태를 갖춘 팀은 남자프로농구 정규리그 우승

팀인 KCC다. 나는 농구명문 용산고등학교와 연세대를 나온 경기인으로서 샐러리맨 생활과 구단 프런트 경험을 겸비한 최형길 단장을 배제하고 KCC가 그동안 거둬온 성과를 충분히 설명할 수 없다. 그는 팀의 현재를 진단하고 미래를 설계하는 혜안의 소유자이며, 자신의 농구철학을 관철하고자 하는 굳은 의지를 함께 갖췄다.

작은 감독, 큰 코치

봄날의 방문객 중에는 농구 지도자도 적지 않다. 특히 새로 팀을 맡은 지도자의 방문을 받으면 그 사람의 에너지와 희망이 나에게도 넘쳐흘러 덩달아 힘이 난다. 이런 분들은 코치와 함께 찾아오는 경우가 많다. 대개 평소 신뢰하는 후배를 동반자로 선택한다. 나에게 코치로 누가 좋겠느냐는 질문을 하는 분도 있다. 나는 이번에도 비슷한 이유를 대면서 천거를 거절한다. 누군가를 추천하는 일은 단지 한 사람의 이름을 부르는 데 그치지 않는다. 그 사람의 모든 것, 생각과 말과 행위에 책임을 지는 일이다. 나에게는 그럴 용기와 확신이 없다. 아주 가끔 내가 생각하는 이상형에 가까운 코치를 보는데, 그럴 때 매우 행복하다. 다행히 그 코치에 대한 질문을 받으면 속된 말로 신나게 '입을 턴다.' 그렇지 않고 감독이 자신이 선택한 코치와 함께 오면, 감독보다는 코치에게 말을 많이 한다. 전형적인 '꼰대'가 되어 이것저것 당부와 축복을 버무려 말하는 것이다. 그러나 어떤 경우, 어떤 상대에게도 빠뜨리지 않고 하는 말은 이것이다.

"B코치님. A감독님을 잘 보좌하세요. 모쪼록 작은 감독이 아니라 큰 코치가 되시면 좋겠습니다."

최근의 우리 농구에서는 감독과 코치의 역할이 비교적 선명하게 나뉘어 있다고 본다. 그렇지 않은 팀도 적지 않지만 흐름은 그 방향으로 가고 있을 것이다. 감독과 코치는 오케스트라의 음악감독과 악장처럼 해야 할 일이 다르다. 이 경계가 분명하지 않으면 반드시 분란이 생긴다. 운이 좋아서 선수들이 경기를 잘 풀어나가고 순위표 높은 곳에 오르는 경우도 물론 있겠지만 대개는 오래 가지 않는다. 그리고 팀이 어려운 지경에 처하면 감독과 코치가 모두 조바심을 내고 구단에서는 둘을 갈라 쳐서 문제의 원인을 규명하려 든다. 팀에 문제가 생기고, 문제를 해결하기 위해 감독을 물러서게 하고, 코치를 '승진'시키는 결정을 한 구단이 좋은 결말을 보는 경우는 생각보다 적다.

　미국프로농구(NBA) 시카고 불스의 6차례에 걸친 챔피언십은 마이클 조던, 스코티 피펜처럼 뛰어난 선수들을 현명하게 지휘한 명장 필 잭슨과 더불어, 트라이앵글 오펜스라는 강력한 팀 전술과 함께 떠오르는 이름, 프레드 텍스 윈터를 기억하지 않고는 충분히 설명하기 어렵다. 윈터 코치가 2018년 10월 11일 96세를 일기로 세상을 떠난 뒤 『연합뉴스』의 김현 통신원은 "필 잭슨 감독과 함께 '불스 왕조'를 이끈 윈터가 캔자스 주 맨해튼 자택에서 눈을 감았다. 1985년 불스 코치로 영입된 후 '트라이앵글 오펜스' 전략을 NBA에 도입, 14년간 잭슨 감독과 명콤비를 이뤄 불스의 최전성기를 이끌었다. 이어 1999년 잭슨과 함께 레이커스로 자리를 옮겨 2008년까지 활약했다. 조던으로 대변되는 '불스 왕조' 시대를 구가했고, 2000년대 초반 LA 레이커스에서도 전술의 위력을 다시 발휘했다."고 정리하였다.

　나는 프레드 텍스 윈터를 '큰 코치'라고 생각한다. 국내에서 큰 코치를 찾는다면, 1999년부터 2013년까지 유재학 감독(울산 모비스 피버스)과 함께 일하며 수많은 우승을 함께 일군 임근배 삼성생명 감독을 꼽겠다. 그는 이상적인 코치의 전형을 보여주었다. 유재학 감독이 2006년 3월 28일 최우수 감독상을 수상하면서 "늘 한마음으로 큰 힘이 되어 준 임근배 코치에게 감사한다."고 말할 때 나는 코끝이 찡했다. 유재학 감독은 2012년 12월 18일 프로농구 지도자로서는 처음으로 400승을 기록한 뒤에도 임근배 코치에게 "감독 시작할 때부터 늘 뒤에서 묵묵히 힘든 일을 해 줘 고맙다."고 마음을 전했다. 유 감독의 '큰 코치'는 2015년 여자프로농구 삼성생명을 맡은 뒤 줄곧 인상적인 지도력을 발휘해 '큰 감독'으로 변신하는 데 성공했다.

10피트 높이에 걸린 꿈

"먼 데서 연기가 오르듯 먼지가 피어오르더니 소년이 말을 타고 달려오더라."

소년은 날듯이 말 잔등에서 뛰어내렸다. 한 팔에 농구공을 끼고 있었다. 조상들, 아니면 어른들 가운데 누군가는 비슷한 자세로 독수리나 매를 다루었을 것이다. 사방이 트인 광야 한복판이었다. 거기 농구대가 있었다. 함석이나 양철로 만든 백보드는 절반이나 녹슬었다. 그래도 림이 반듯하게 자리 잡았다. 그물을 꿰면 어엿한 바스켓의 모습을 갖출 것 같았다. 소년은 거기서 농구를 했다. 조금 시간이 지나자 또래 소년 몇이 더 왔다. 그들도 말을 타고 지평선 어디에선가 달려와 사뿐히 내려섰다. 길게 인사할 것도 없었다. 말없이 가슴께로 공을 던지면 곧 농구가 시작됐다. 그게 인사였다. 황

량한 가운데 가끔 먼지바람이 휩쓸고 지나갔다. 정해둔 점수 내기를 한 다음, 소년들은 올 때의 모습 그대로 떠났다. 꿈을 꾸었을까. 그런 상상을 할 만큼 신비롭게 시간이 흘러갔다.

1997년 9월. 몽골 취재를 마치고 돌아온 임 아무개 선배가 사진 한 장을 툭 던졌다. 내 생각을 해서, 나에게 주려고 찍었다고 했다. 들판에 선 농구 골대. 사진만 봐서는 농구골대가 선 곳이 어디인지 알기 어려웠다. 한강둔치 어디라고 해도, 학생이 줄어 문을 닫은 시골학교 교정이라고 해도 좋을 것 같았다. 임 선배는 몽골의 국립공원 테를지를 여행했다. 울란바토르에서 동북쪽으로 110㎞ 떨어진 곳이라고 했다. 해발 1300m의 대초원. 바람이 불 때마다 풀들은 일제히 머리를 숙였다. 임 선배는 "바람이 실어오는 것은 하늘"이라고 『중앙일보』에 썼다. "밤이면 하늘에서 별이 빨갛게 쏟아진다."고 했다. 북극이나 에베레스트 같은 극지 탐험 취재가 전문인, 그러므로 그 자신이 모험가일 수밖에 없는 임 선배가 아무도 없는 몽골의 광야에서 후배를 생각해 주었다는 생각에 뭉클했다. 그는 지금 아프리카를 여행하고 있다.

---

* 2021년 4월.

임 선배가 몽골에서 사진을 찍을 무렵, 나는 어느 농구 잡지에 실을 칼럼을 준비하고 있었다. 지금은 사라진 그 잡지는 우리나라 농구 미디어 역사에 한 획을 그었다고 해도 좋을, 수준 높은 스포츠 잡지였다. 나는 그 잡지에 농구의 매력과 미덕을 설명하는 글을 쓰기로 했다. 무슨 글이든 쓰려면 실마리를 잡기 위해 방황하는 시간이 필요하다. 나는 이것저것 주절주절 늘어놓을 거리는 잔뜩 마련했지만 어느 쪽 문을 열고 들어가야 할지 결정하지 못했다. 임 선배의 사진을 받은 다음, 몽골의 초원에서 이야기를 시작해볼까 하는 생각도 했다. 그러나 그곳은 내가 한 번도 가보지 않은, 지나치게 먼 곳이었다. 비슷한 시기에, 나는 농구 연감의 속표지를 장식한 사진 한 장에 매혹되었다. 국제농구연맹(FIBA)에서 1993년에 낸 공식 기록집이었다. 포탈라 궁이 멀리 보이는 티베트의 어느 장소에선가 두 갈래로 머리를 땋은 소녀들이 농구 골대를 향해 슛을 날리고 있었다. 그 사진 이야기로 글을 시작할까도 생각했다.

그러나 나는 그때 내가 어떤 문장으로 칼럼을 써나갔는지 기억하지 못한다. 나는 그때 내 글을 모아두어야겠다는 생각을 하지 못했다. 글이 내 생각의 조각들이며, 나 자신을 알기 위해 내 생각의 작은 조각들도 모아둘 필요가 있다는 생각을 하지 못했다. 그래서 그때 쓴 칼럼은 내가 보관하고 있는 글 무리의 어느 곳에서도 찾을 수 없게 되었다. 다만 그때 내가 칼럼을 쓰기 위해 고민한 흔적이자, 틀림없이 칼럼의 어느 구석엔가 남았을 글의 소재인 사진들은 여전히 나의 서재 한곳에 잘 정리되어 있다. 당시 내 칼럼을 게재한 잡지사에 문의하면 되지 않느냐고? 안됐지만 그 잡지사는 망했다(고 생각한다). 같은 이름을 사용하는 잡지가 있지만 결코 같은 잡지는 아니다. 나는 농구전문잡지인 『점프볼』을 비롯한 스포츠전문지를 발간하는 분들을 존경하지 않을 수 없다. 스포츠전문잡지란 사업은 결코 수지를 맞출 수 없다. 스포츠를 사랑하지 않는 한 뼈를 깎고 영혼을 갈아 넣는 발간작업을 장구한 시간 동안 계속하기 어렵다. 나로서는 상상조차 하기 어려운 일이다.

두 사진에는 공통점이 있다. 아래에서 위를 향해 찍었다. 지구에 거주하는 인간은 대부분 그렇게 찍을 수밖에 없다. 농구는 그런 스포츠다. 조감(鳥瞰)할 수 없다. 상승의 스포츠이며 공간의 스포츠이고 도약의 스포츠다. 농구의 골은 지상에 있지 않다. 다른 스포츠 종목, 예를 들어 축구나 럭비에서 골대는 대지 위에 우뚝 선 거대한 관문이다. 허공에서 공을 다루는 배구는 지상에 그어 둔 테두리 안에서 승부를 겨룬다. 야구에서는 타격을 하거나 4구를 얻거나 공에 몸을 맞고 나간 주자가 5각형의 홈베이스를 통과해야 점수가 난다. 그러므로 야구도 대지에 뿌리를 깊이 박은 운동경기다. 골프는 아예 땅에 구멍을 파고 그 안에 떨어뜨려야 한다. 하지만 농구는 허공에, 하늘과 땅 사이에 골이 있다. 공이 위에서 아래로 골을 통과해야 점수가 난다. 농구 경기의 골을 '바스켓'이라고 한다. 1891년 12월에 캐나다 출신 미국인 제임스 네이스미스(1861~1939)가 농구 경기를 고안하면서, 복숭아 수확용 바구니를 10피트(약 3m5㎝) 높이의 체육관 발코니에 걸어 놓고 거기 공을 던져 넣게 한 데서 유래한다.

지금도 변함없는 10피트 높이에 걸린 바스켓. '림(Rim)'이라고 불리는 골의 테두리를 밑에서 올려다보면 까마득하면서도 아련한, 설명하기 어려운 느낌을 갖게 된다. 10피트는 마치 농구가 가진 어떤 소망, 마음속에 간직한 꿈을 상징하는 것 같다. 그래서 1992년 바르셀로나올림픽에 출전한 미국 남자농구 대표팀을 '드림팀'이라고 불렀다. 말하자면 '꿈의 팀'이다. 1988년 서울올림픽에서 소련에 패해 동메달에 그친 미국이 자존심을 걸고 만든 팀이다. 매직 존슨, 래리 버드, 마이클 조던 같은 슈퍼스타들이 한 팀에서 뛰는 꿈같은 일이 현실이 됐다. 그 후 프로선수가 주축을 이룬 미국 팀을 곧잘 드림팀이라고 부른다. 그러나 1992년의 팀 외에는 진짜 드림팀이 아니라는 사실을 세상이 다 안다. 진짜 드림팀이든 아니든 한국농구가 미국농구를 이기는 일은 체 게바라가 말한 것과 같은 '불가능한 꿈'일지 모른다. 체가 "리얼리스트가 되자, 그러나 불가능한 꿈을 갖자.(Seamos realistas, realisemos lo imposible.)"고 했을 때의 꿈은 '언젠가'는 이룰 수 있는 꿈일 것이다. 체의 꿈은 볼리비아에서 최후를 마쳤다.

그러나 한국 농구, 아니 한국 스포츠의 꿈이 비극적인 종말을 선고받았다고 생각하지는 말자. '언젠가'에 걸고 싶다. 지난 4월 24일, 나는 새벽에 일어나 독일농구 프로A의 플레이오프 경기를 인터넷 중계로 보았다. 프로A는 분데스리가 바로 아래에 속한, 말하자면 2부 리그다. 내가 사랑하는 바이엘 자이언츠 레버쿠젠은 오스터만 아레나(Ostermann Arena)에서 열린 홈경기에서 로슈토크 시울브스를 8점차(85:77)로 누르고 플레이오프 1라운드 3연승을 기록했다. 지역수비가 위력을 발휘했고 골밑에서 강했다. 로슈토크의 막판 파울을 정확한 자유투로 응징하고 갑작스러운 맨투맨 전환으로 3점슛 작전을 분쇄했다. 감독 한지 그나드가 오랫동안 준비해온 코치답게 팀을 잘 지휘하고 있다. 이렇게만 해주면 레코드마이스터의 분데스리가 복귀도 꿈은 아니다. 독일리그 우승을 열네 번, 독일컵 우승을 열 번이나 기록한 레버쿠젠은 2007-2008시즌 6위를 마지막으로 뒤셀도르프에 리그 참여 지분을 매각하고 분데스리가를 떠났다.

레버쿠젠과 로슈토크의 경기를 보면서 "이 정도면 우리 프로 팀이 상대해도 대등한 경기를 하겠다."는 생각을 했다. 독일 리그의 선수들은 전체적으로 우리 선수들보다 체격이 좋다. 그러나 외국인 선수가 함께 뛰는 조건이라면 경쟁할 수 있는 상대라고 본다. 선수들의 빠르기 면에서, 감독이 구사하는 전술의 다채로움이라는 면에서 우리가 조금 낫지 않을까. 레버쿠젠은 24일 경기에서 2-3 지역방어를 사용해 골밑을 지켰는데, 이 정도 수준의 수비는 우리도 깨뜨릴 수 있다. 그런데 독일은 이러한 농구로 세계 4강까지 올랐다. 독일이 할 수 있는 일이라면 우리도 (훨씬 더 노력해야 하겠지만) 할 수 있다고 생각한다. 내가 대학에 다닐 때만 해도 우리가 축구 경기에서 유럽이나 남미 팀을 이기는 일은 꿈에서나 가능하다고 생각했다. 그러나 21세기의 우리 축구는 아주 가끔이지만 세계 챔피언을 이기기도 한다. 1970~80년대 분데스리가를 호령한 차범근은 기적 같은 존재다. 그러나 우리는 제2, 제3의 박지성이나 손흥민이 나올 수 있다는 사실을 알고, 기대하고 있다.

하지만 꿈은, 특히 스포츠에서의 꿈은 로또와 다르다. 꿈은 땀과 눈물을 먹고 자란다. 씨앗을 뿌려 보살피고 오랜 기다림의 과정을 거쳐 성숙한다. 요행도 지름길도 없다. 이 사실을 잠시라도 잊으면, 스포츠는 수단이나 방법을 가리지 않는 전쟁이 되고 만다. 챔피언으로 가는 길도 그렇다. 우리는 매 시즌 두 종류의 우승 경쟁을 본다. 정규리그와 플레이오프. 나는 한동안 팀당 54경기를 해서 가장 좋은 성적을 낸 팀이 진짜 챔피언이라고 생각했다. 플레이오프에서는 10승이면 우승하고 정규리그 1위나 2위를 기록한 팀은 7승으로 충분하다. 그러나 최근에는 생각이 빠르게 바뀌고 있다. 정규리그에서는 망친 경기다 싶으면 주전을 일찍 빼고 벤치 선수를 투입해 힘을 아끼기도 한다. 플레이오프에서는 한 시즌을 통해 강함을 증명한 팀들끼리 내일 없는 경기를 거듭한다. 팀이 보유한 역량을 모두 투입해서 싸우는 극한의 승부다.

이런 점에서 플레이오프 우승의 가치를 폄하할 수 없다는 생각을 더 많이 한다. 두 가지 우승의 의미는 근본적으로 다르지 않다.

우리 농구는 삼성생명을 여자리그의 우승팀으로 가려내고, 남자리그 우승팀을 가리는 과정을 거치고 있다. 4강전에서 25일 현재 KGC가 모비스에 2승으로, KCC가 전자랜드에 2승1패로 앞섰다. 그래도 아직 갈 길이 멀다. 모비스가 내리 3승을 거둬 결승에 오를 수도 있다. 전자랜드가 2연승을 꿈꾼대도 나는 놀라지 않을 것이다. 꿈은 간직하는 순간 현실의 일부가 된다. 농구는 소망과 꿈의 경기이다. 시즌 우승이나 타이틀은 소망과 꿈을 (아주 조금이나마) 표상한다. 하늘을 날고 싶은 인간의 본능과 보다 높고 고결한 가치를 향한 추구가 농구 경기에 압축되어 있다. 농구를 만든 사나이는 자신이 고안한 경기가 '네이스미스볼'이라는 이름 대신 바스켓볼로 불리기를 원했다. 겸손한 사나이 네이스미스는 왜 바스켓을 닿을 듯 닿지 않는 10피트 높이에 걸었을까. 그것은 소박한 꿈의 높이이자 땀 흘린 자의 염원이 가서 닿을 수 있는 가장 가까운 거리였을지 모른다.

프로축구와 프로야구 리그가 개막했지만, 그래도 농구 경기를 볼 수 있어서 행복하다. 농구 경기가 열리는 한 내 마음은 아직 봄이다. 두 시간 뒤 KGC와 모비스가 3차전을 한다. 지켜보겠다.

김승기

나는 대학에서 문학을 공부했다. 재학 중에 등단을 해서 시인이 됐다. 나의 모교 동국대학교는 시의 전통이 강력한 곳이다. 전성기에는 대한민국 시인의 절반을 배출했다는 명성을 누렸으니 '시인공화국'이라는 자부심이 허황되지 않았다. 만해 한용운 스님으로부터 미당 서정주, 조지훈, 이형기, 신석정, 송혁, 강민, 홍신선, 박제천, 김초혜, 문정희, 윤제림, 공광규, 정희성 등으로 이어져 내려오는 시맥은 특히 국문학과 학생들을 '시인/비시인'으로 나눌 수밖에 없는 분위기를 형성했다. 대학에 입학한 국문학과 학생들은 대개 '동국문학회'에 가입했다. 학생들은 해마다 발간되는 작품집과 사화집, 교지나 학보, 공동시집 등에 작품을 실었다. 나도 다르지 않았다. 이런 토양에서 성장한 내가 대학을 졸업한 다음

바스켓볼 다이어리

에 책을 낸다면 당연히 시집이어야 했다. 그러나 그렇게 되지 않았다.

1993년 겨울, 동국대학교 영문과를 졸업한 신문사 선배께서 친조카라며 출판인 한 분을 소개했다. 세진기획의 전경배 대표였다. 세진기획은 『한글윈도우 3.1』, 『겁나게 쉬운 멀티미디어』, 『포토샵5』 등 컴퓨터/IT 부문의 책을 전문으로 내는 곳이다. 전 대표는 농구를 좋아하는 사람이었다. 나를 만날 무렵에는 점점 뜨거워지는 농구코트의 열기를 감지하고 있었다. 특히 젊은 선수들에 대한 팬들의 관심과 사랑이 각별함을 주목했다. 전 대표는 그들의 이야기를 묶어 책을 내고 싶어 했다. 그는 나에게 "책이 팔리든 말든 상관없으니, 재미있는 책 한 권 만들어 보자."고 했다. 책에 들어갈 원고를 내가 써 주었으면 좋겠다는 요구도 빠뜨리지 않았다. 나도 이 무렵에는 농구에 완전히 몰입해서 24시간 농구 생각만 하고 있었다. 그러니 전 대표의 제안에 솔깃하지 않을 수 없었다. 그날 밤 바로 글을 쓰기 시작했다.

원고를 쓰는 데 한 달 남짓 걸렸다. 원래 기록을 많이 하는 편인데다 스크랩을 해둔 자료가 많아서 가능했다. 중간중간 선수들을 인터뷰해서 그동안 알려지지 않은 이야기도 많이 찾아냈다. 이렇게 해서 1994년 3월 1일자로 초판이 나왔다. 『농구코트의 젊은 영웅들』. 그런데 반응이 엄청났다. 책은 날개 돋친 듯이 팔려나갔다. 글이 훌륭해서가 아니었다. 당시의 분위기에 비춰볼 때 무슨 이야기를 쓰든 농구에 대한 것이면 팔렸을 것이다. 대한민국의 대중문화를 농구가 지배하고 있었다. 연세대학교, 마이클 조던과 찰스 바클리, 마지막 승부, 슬램덩크⋯. 특히 대학생 선수들은 이전 세대인 이충희, 김현준, 허재, 강동희도 누려보지 못한 엄청난 인기를 구가했다. 1993-94농구대잔치를 제패한 '신촌독수리'들에게 이듬해부터 안암골의 호랑이들이 도전하기 시작했다. 실업팀 현대-삼성-기아로 이어지던 성인농구 무대의 판도는 대학을 중심으로 재편됐다. 연세대와 고려대가 중심에 있었고, 중앙대가 이들 못지않은 경기력으로 존재감을 드러냈다.

세진기획에서는 『농구코트의 젊은 영웅들』을 거듭해서 인쇄했다. 전 대표는 책이 나올 때마다 나에게 인세를 지급했다. 기자도 월급쟁이다. 1990년대 초반의 신문기자 월급은 다른 직종에 비해 적은 편이 아니었다. 그래도 전 대표가 건네는 노란봉투를 열어볼 때는 가슴이 서늘했다. 그 정도로 인세를 많이 받았다. 내가 책을 써서 수익을 얻기는 이때가 처음이자 마지막이다. 베스트셀러의 시대가 끝나가고 있었다. 시인이나 소설가가 책을 팔아 목돈을 마련하기 어려운 시대가 되었다. 조정래, 박경리, 최인호, 정찬주, 김훈 같은 대가들과 법정스님 같은 종교지도자들이 계시긴 했지만. 요즘에 와서는 초판을 1000부 이상 찍는 책이 많지 않다. 300부나 500부 출판도 흔한 일이 되었다. 나는 책을 공저 두 권을 포함해 스무 권 썼지만 1000부 이상 찍은 책은 『농구코트의 젊은 영웅들』을 포함해도 다섯 권뿐이다.

아무튼 『농구코트의 젊은 영웅들』은 많이 팔렸다. 농구인들의 지원도 컸다. 농구협회에서는 어느 날 농구대잔치 경기가 열리는 잠실학생체육관 로비에 『농구코트의 젊은 영웅들』을 판매하는 매대를 설치해 주었다. 당시 농구협회 전무를 맡은 김영기 선생님의 배려였다. 매대에 가져다 쌓아둔 책은 500부가 넘었다. 모두 팔렸다. 이렇게 책이 많이 팔리자 농구팬들은 저자에게도 관심을 가졌다. 경기장에 가면 "허진석 기자님 아니세요?" 하고 묻는 농구팬이 적지 않았다. 내 사진을 찍어간 팬도 있다. 플래시가 번쩍 터지는 자동 필름카메라로 찍은 내 사진을 어디다 썼는지 모르겠다. 『농구코트의 젊은 영웅들』이후 농구선수를 다룬 책이 몇 권 더 나왔다. 그 책들도 많이 팔렸다고 들었다. 『농구코트의 젊은 영웅들』만큼은 아니었지만, 출판사는 최소한 손해를 보지 않았을 것이다. 하지만 1998년 8월 12일에 나온 『농구코트의 젊은 영웅들 2』는 큰 재미를 보지 못했다. 초쇄를 겨우 소화한 뒤 판을 접었다.

『농구코트의 젊은 영웅들 2』는 새로운 책이 아니다. 수록 선수를 몇 명 바꾸고 일부는 고쳐 썼으니 개정판에 가까웠다. 독자들은 새 책이라고 생각했다가 내용을 확인한 다음 살까 말까 망설였으리라. 『농구코트의 젊은 영웅들』에 수록한 선수는 강동희, 김승기, 김유택, 김재훈, 문경은, 서장훈, 오성식, 우지원, 이상민, 허재, 현주엽이다. 『농구코트의 젊은 영웅들 2』에는 강동희, 김승기, 김영만, 김훈, 문경은, 서장훈, 우지원, 이상민, 전희철, 허재, 현주엽을 수록했다. 결국 김유택, 김재훈, 오성식을 빼고 김영만, 김훈, 전희철을 새로 넣은 것이다. 세월이 흐른 뒤 생각해 보니 김유택을 빼지 않았으면 좋았겠다는 생각이 든다. 그리고 『농구코트의 젊은 영웅들 2』에 넣을 만한 선수가 아니었다 싶은 선수도 있다. 아쉽다. 하지만 어쩌랴. 나의 안목이 겨우 그 정도였던 것을.

세진기획과 『농구코트의 젊은 영웅들 2』를 만들기 위해 편집회의를 할 때, "김승기를 계속 넣어야 하느냐?"는 질문을 받았다. 중앙대를 졸업하고 삼성에 입단한 김승기는 중앙대학교에 다닐 때만큼 강력한 농구를 보여주지 못하고 있었다. 그래도 경쟁력은 잃지 않았고, 강동희나 이상민에 필적하는 가드로 존재감이 뚜렷했다. 김승기 대신 들어갈 만한 선수가 없지는 않았다. 하지만 나는 고집을 부렸다. 나에게 김승기는 특별한 가드였다. 다른 가드들이 가지지 못한 장점이 많았다. 당시만 해도 기자들은 코트사이드에 설치한 보도석에 앉아 경기를 취재했다. 나는 고개를 숙인 채 기사를 쓰고 있는 동안에도 누가 드리블을 하고 있는지 알 정도로 귀가 예민했다. (기자가 되면 다 그렇게 된다. 맞은편 벤치에서 감독이 선수들에게 움직임을 지시할 때, 그들의 입모양만 보고도 무슨 말을 하는지 정확하게 알았다.) 김승기가 드리블을 할 때는 시각과 청각이 모두 즐거웠다. 코트 바닥을 쪼개버릴 것 같은 김승기의 파워 드리블, 강력한 회전이 걸린 채 직선으로 날아가는 중장거리 패스를 좋아했다. 신동찬 이래로 김승기처럼 강한 체스트 패스를 뿌리는 가드를 나는 보지 못했다.

김승기는 프로농구 선수로서 성공한 편이 아니다. 중앙대학교의 리더로서 보여준 재능을 실업-프로 무대에서 재현하지 못했다. 그의 기량이 쇠퇴했다고 보기는 어렵다. 김승기는 뛰어난 가드였지만 대학 선배인 허재나 강동희, 한때는 라이벌이었지만 프로 출범 이후로 위상이 달라진 이상민과는 플레이의 결이 달랐다. 그들은 모두 기술이 뛰어나고 일대일 능력도 갖추고 있었다. 특히 외국인 선수와의 협업에 능숙했다. 프로농구에서 이상민이 거둔 성공은 조니 맥도웰을 빼고 생각하기 어렵다. 강동희와 허재가 프로원년 기아에서 보여준 농구는 클리프 리드와 함께 검토해야 충분히 이해할 수 있다. 나는 기아의 최인선 감독이 허재를 벤치에 앉혀두고도 플레이오프 타이틀을 따내는 모습을 보고 한국 농구의 중심이 기울고 있음을 확신했다. 출범 당시 프로농구는 팀마다 외국인 선수 두 명을 기용할 수 있게 했다. 장신(203.2cm 이하) 선수 한 명, 단신(190.5cm 이하) 선수 한 명. 골밑선수 두 명 중 한 명, 외곽선수 세 명 중 한 명을 외국인 선수로 기용한다는 취지였다. 외국인으로서 외곽을 맡은 선수의 스피드와 화려한 기술, 골밑을 맡은 선수의 득점과 덩크를 기대한 것이다. 그러나 리드와 맥도웰 등은 단신이면서도 (사실 이들은 모두 제한 규정보다 키가 컸다.) 골밑에서 강한 득

바스켓볼 다이어리

점력을 발휘했다.

농구대잔치 시대만 해도 굴지의 가드로 평가받던 김승기는 외국인 선수와 호흡을 맞추는 데 어려움을 겪었다. 김승기는 전형적인 팀 플레이어였다. 그런데 외국인 선수의 손에 공이 들어가면 경기의 흐름이 멈추고 공은 돌아오지 않았다. 더구나 삼성이 뽑은 외국인 선수들은 클리프 리드나 조니 맥도웰처럼 골밑에서 강한 결정력을 발휘하지도 못했다. 이런 사정 때문에 삼성 시절의 김승기는 동료 외국인 선수들과 자주 충돌했다. 그럼에도 불구하고 삼성의 프런트가 김승기를 트레이드한 결정은 매우 잘못됐다고 생각한다. 삼성은 김승기를 지켜야 했다. (마찬가지 관점에서 2001년 정규리그와 플레이오프에서 모두 우승한 삼성이 문경은을 트레이드한 결정도 실수라고 생각한다.) 삼성은 양경민과 김승기를 나래에 주고 주희정과 강병수를 받았다. 양경민은 나래에서 빛을 보았지만 김승기는 그러지 못했다. 주희정은 2001년 챔피언결정전 최우수선수(MVP)가 됐지만 사실 삼성 우승의 주역은 아티머스 맥클래리였다. 맥클래리는 골밑과 외곽에서 전인적인 활약을 보였다. 요즘 같았으면 MVP를 받고도 남음이 있었다.

선수의 기량은 제때에 꽃을 피워야 한다. 그 시기를 놓치면 다시 추진력을 얻기 어렵다. 김승기의 프로경력은 눈부신 장면 없이 끝났다. 2005-06시즌을 마지막으로 은퇴한 다음 동부의 코치를 맡음으로써 지도경력을 시작했다. 이때 감독이 전창진, 수석코치가 강동희였다. 김승기가 현역에서 물러날 무렵 농구기자로서 나의 경력도 막바지에 이르렀다. 중앙일보사에서 초일류신문 『중앙SUNDAY』(지금 어떻게 평가를 받든 이 신문을 창간하기 위해 준비할 때의 지향은 분명 세계적인 수준의 '퀄리티 페이퍼'였다.) 창간을 위해 조직한 '신매체본부'라는 연구팀에 들어가면서 현장을 떠난 것이다. 당시에는 신문을 창간한 뒤 다시 현장으로 복귀할 줄 알았다. 결과적으로는 『중앙SUNDAY』창간과 동시에 에디터(보통 신문사의 부장 격)가 되면서 데스크에 눌러앉고 말았다. 김승기는 나의 시야에서 사라졌다. 그는 내게 가끔 전화를 걸어 안부를 묻기도 하고 이런저런 의논도 했고, 나도 이따금 그의 안부를 물었지만 기자-선수 시절만큼 치열하지는 않았다. 그를 향한 나의 특별한 감정(중앙대의 감독으로 오래 일한 정봉섭 선생은 자주 "허기자가 없었다면 오늘의 김승기도 없었을 것"이라고 했다. 김승기가 중앙대에서 명성을 떨치고 삼성에 스카우트되어 국가대표로 활약할 때의 이야기다.)도 추억 속으로 가물가물 사라져갔다.

나는 5월 9일* 프로농구 KGC가 안양실내체육관에서 KCC를 84-74로 이겨 4연승으로 우승하는 장면을 텔레비전으로 보았다. 챔피언결정전 경기를 최소한 한 번은 보겠다는 자신과의 약속도 지키지 못했다. 코로나19의 유행은 대학에도 부정적인 영향을 주고 있다. 벌써 세 학기 째 비대면 수업을 하고 있는 교수들도 심적으로나 시간적으로 압박을 당하는 편이다. 동영상으로 하는 수업에 학생들을 100% 몰입시키기는 불가능하다. 그렇기에 온갖 아이디어를 동원해서 더 재미있고 유익한 강의를 하려고 노력한다. 한국체육대학교에는 밤늦도록 불이 꺼지지 않는 연구실이 적지 않다. 나 역시 새벽에 출근해서 늦은 밤에 퇴근하고 있다. 대학으로 자리를 옮기면서, "옳지, 이제 퇴근하는 길에 프로농구와 프로야구 경기를 가끔 볼 수 있겠구나!" 하고 생각했지만 현실이 되지는 않았다. 아무튼 텔레비전 화면 속, 어느덧 나에게는 아득히 멀어진 어느 곳에서 플레이오프 10전 전승이라는 놀라운 기록과 함께 무패 우승신화를 완성한 KGC가 트로피를 들어 올렸다. 감독이 된 김승기는 선수들의 헹가래를 받았

---

* 2021년.

다. 그 장면을 보다가 문득 코끝이 찡했다. 지나간 시간이 눈 앞에서 섬광처럼 명멸했다. 김승기가 빛나는 순간을 누릴 수 있어서 다행이라고 생각했다.

김승기는 전창진과의 관계를 중요하게 생각하는 것 같다. 당연한 일이다. 현역에서 물러나 코치가 된 뒤 호흡을 맞춘 첫 감독이니까. 전 감독에게서 많이 배웠을 것이다. 전창진 감독에게는 여러 가지 미덕이 있다. 안준호 전 삼성 감독은 "선수들로 하여금 운동을 하고 싶게 만드는 힘이 있다."고 했다. 물론 원주에서 선수들을 이끌 때의 전창진과 2021년의 전창진은 같은 사람이 아니다. 원주의 전창진은 신선하면서도 선명했고, 때로는 순진했다.˙ 10점을 지든 20점을 지든 선수들에게 "프로는 끝까지 하는 것"이라며 집중해 달라고 독려했다. 그러던 전창진은 언제부턴가 "다음 경기를 생각해서 이미 넘어간 경기는 버린다."고 말하게 되었다. 사실 많은 감독들이 버릴 경기는 버리고 이길 수 있는 경기에 집중한다. 그러니까 전창진의 판단이 그릇되었다고 말할 수는 없다. 김승기는 전창진에게서 농구를 배웠다고 생각하고, 그

---

* 그리고 가끔은 인내하기 어려울 정도로 무례했다.

가치에 의미를 둔다. 전 감독이 어려운 입장일 때, 누구도 그를 위해 대신 말하지 않을 때 김승기는 "그분의 피를 이어받아 최선을 다하겠다."고 말하지 않았던가. "전 전 감독으로부터 많은 것을 배웠다. 나의 농구는 곧 그분이 지금까지 하셨던 농구다. 그분의 명예에 누를 끼치지 않도록 열심히 하겠다." 김승기는 중심이 강하고 인간다운 깊이가 있다.

김승기는 2016-17시즌 KGC를 우승으로 이끌며 감독으로서 첫 왕관을 썼다. 그때 나는 무관심했다. 당시 KGC는 삼성을 4승2패로 제압하고 플레이오프를 제패했다. 삼성의 감독은 이상민이었다. 이상민은 어떻게 생각할지 모르지만 나는 김승기가 한때 이상민과 더불어 대학농구 코트를 양분한 포인트가드였다고 생각한다. 청소년-대학 수준에서 김승기는 대한민국을 대표할 만한 경기 운영과 강력한 수비를 보여줬다. 특히 일본과의 경기에서 위력을 발휘했다. 하세가와 마코토, 나야 코지 등 일본이 자랑하는 천재 가드들을 쉽게 제압했다. 이런 장점 때문에 여러 감독들(최부영, 최희암 등)이 일본과 경기할 때 김승기를 먼저 코트에 들여보냈다. 김승기는 뒤지는 경기를 따라잡고 뒤집는 장면, 멋대로 날뛰는 상대팀의 포인트가드를 묶어버리는 장면에서 존재감이 뚜렷했다. 그리고 이 대목을 쓰면서 나는 운명의 얄궂음을 새삼 체감한다. 감독이 된 김승기가 어쩔 수 없이 마주쳐야 했던, 그리고 매번 돌파해 나아간 몇 가지 과제들. 헤아려보면 이상민과 전창진 모두 김승기가 넘어야 할 숙명이 아니었던가. 김승기는 이 시대 최고의 감독이라고 해야 마땅할 유재학마저 누르고 완전우승을 달성했다. 그에게는 이제 스스로 정한 자신만의 목표를 향해 나아가야 할 과제만이 남았다.

오랜 기억 하나. 어언 30년이 멀지 않다. 나는 1993년 4월, 정확하게는 25일 저녁부터 26일 새벽까지 홍콩의 퀸엘리자베스 스타디움 근처에 있는 맥주집에서 밤을 샜다. 그 해 4월 21일부터 25일까지 제1회 아시아청소년(22세 이하) 선수권대회가 열렸고, 한국은 결승에서 대만에 져 준우승에 그쳤다. 최부영 감독-최희암 코치 체제였다. 서장훈, 조동기, 전희철, 문경은, 이상민, 김승기, 현주엽 등이 포진해서 언론에서는 한국의 드림팀이라고까지 평가했다. 기대를 많이 모은 팀이 뜻밖의 상대에게 져서 우승을 내주고 보니 분위기가 엉망이었다. 나는 그날 밤 졸업반(4학년) 학생만 따로 불러 저녁과 맥주를 사주었다. 문경은, 김재훈, 조동기, 홍사봉, 김승기로 기억한다. 맥주집 종업원에게 얼음을 채운 버킷에 맥주를 가득 채우고, 비는 즉시 채워다 놓으라고 했다. 맥주를 얼마나 많이 마셨는지 기억하지 못한다. 삼성에 입단하기로 한 문경은과 김승기가 의기투합하고, 기아에 입단할 조동기가 "기아 만세!"를 외쳤다. 그 자리에서 김승기가 내 귀에 대고 "저는 터보가드라는 별명보다 기자님이 저를 '쇠절구 같다'고 표현한 기사가 더 좋습니다!" 하고 외친 기억이 난다. 나는 『중앙일보』에 쓴 기사에서 이상민과 김승기의 드리블을 청각적으로 묘사했다. "이상민의 드리블은 먼 데서 다듬이질을 하는 듯 유려하고 김승기의 드리블은 쇠절구를 두들기는 듯 묵중한 가운데 힘이 느껴진다." 그 기사를 읽은 것이다.

나는 기자로서 내 길을 모두 걸었다. 김승기에게는 감독으로서 가야 할 먼 길이 남았다. 그의 앞에 어떤 운명이 새로 펼쳐질지 나는 모른다. 그는 지금까지 잘해왔듯이 앞으로도 잘해나갈 것이다. 두 차례 우승은 눈부신 커리어지만, 그의 앞에는 더 뛰어난 업적을 쌓아온 명감독들이 있다. 신선우와 최인선은 프로농구 초창기의 전설로 남을 것이 틀림없다. 유재학과 전창진의 업적은 두 사람을 능가하고도 남는다. 김승기의 업적이란 문경은이나 이상범의 우승 기록과 크게 다르지 않다. 이제 막 불붙은 관솔과 같아서, 언제 허무하게 꺼져

버려도 이상할 것이 없다. KGC가 우승하는데 제러드 설린 저의 공이 컸다는 사실도 부인하기는 어렵다. (우수한 외국인 선수를 뽑았다고 해서 우승을 보장받을 수는 없고 어떤 스쿼드든 감독의 운영에 따라 결과가 달라짐은 자명한 사실이다.) 김승기가 이번 우승을 어떻게 받아들이고 있는지 나는 모른다. 만족하고 있는지, 뭔가 부족하다고 느끼는지, 부끄럽게 생각하는지. 다만 위대한 릭 피티노가 말했듯 김승기의 앞날은 '목적지가 있는 여행'이 아니다. "끝이 없는 순환과정이며 지속적인 성공과 자기발전을 위한 기회이며 도약대이다. 기대이상으로 성공하는 사람들은 경주의 종착점에 도착해서도 쉬어서는 안 된다는 사실을 안다. 항상 다른 경주가 기다리고 있기 때문이다." "성공의 밑바닥에는 보이지 않고, 은밀히 활동하고, 기습에 능한 바이러스가 숨어 있기 때문이다. 성취의 즐거움을 맛보기 시작한 사람은 그때부터 자신의 내면의 말을 절대 믿어서는 안 된다."

농구대통령, 연예대통령

2021년 5월 17일에 허재 이야기를 쓰려 했다. 허재가 한
국체육대학교 스포츠분석센터에서 발표하는 'CSPA 스포츠
관심도'의 스포테이너 부문에서 5월 2주차 1위를 기록한 날
이다. 한 주 전에는 핸드볼 스타 윤경신이 1위였다. CSPA 스
포츠관심도는 한국체대 스포츠분석센터에서 스포츠 트렌드
를 종합적으로 표현할 수 있도록 개발한 지수다. CSPA 스포
츠관심도가 나타내는 점수는 주요 포털사이트 검색어 통계
를 빅데이터 분석으로 표준화한 값이다. 따라서 점수들 간
상대비교가 가능하다. 한국체대 스포츠분석센터는 CSPA 스
포츠관심도를 매주 월요일 정오에 발표한다. (cspa.re.kr)

이런 저런 고민과 주저 속에 시간이 흘렀다. 6월도 중순으
로 접어드는 지금 이 글을 쓴다. "예능이 좋아 프로농구단의

감독 제의도 거절했다."는 『스포츠서울』의 기사를 읽은 지 한 달이 지났다. 놀라운 기사는 아니었다. 허재가 CSPA 스포츠 관심도 1위를 기록한 일이 놀랍지 않듯이. 현실은 현실이고, 허재에게는 자신의 생활 방식을 선택할 자유가 있다. 허재가 프로농구 감독으로서 일하지 않는다고 해서 우리 농구계의 큰 손실이라고 보기는 어렵다. 코트에서든 스튜디오에서든 낚시터에서든 허재는 다 같은 허재다. 대한민국 농구 역사상 가장 뛰어난 선수였다는 평가를 받는 그가 예능인으로서 성공하면, 그것도 좋은 일이다. 그는 자신뿐 아니라 우리를 위해 (또는 우리와 함께) 살아왔고 앞으로도 그럴 것이다.

예능이 좋다는 그의 말은 100% 진심일 것이다. 두 아들도 진심으로 아버지의 예능활동을 응원하고 있을 것이다. 『스포츠서울』의 기사를 읽으니 맏아들 웅은 "농구인들은 아버지가 (농구계로) 돌아오길 바라는데, 아들 입장에서는 요즘이 더 젊어 보이셔서 좋다. 아버지의 건강을 위해 연예계에 있으면 좋겠다."고 했다. 지난겨울 활약이 대단했던 훈도 "아버지가 감독으로 오면 구설밖에 안 나온다. 마음 편하게 예능 하셔라."고 거들었다. 농을 곁들여 말했지만, 가장 높은 단계에서 경쟁하는 두 아들은 알고 있는 것이다. 매일 매시

140

간 경쟁으로 점철된 삶이 어떠한지, 얼마나 고통스러우며 위태로운 일인지, 사람을 극한의 구렁텅이로 몰아넣는지.

허재는 진지하게 예능 일을 하고 있는 것 같다. 이영미 기자와 인터뷰한 포털 기사에 눈에 띄는 대목이 있다. 이 기자는 '허 전 감독은 방송을 시작하면서 술자리를 피하게 됐다는 이야기도 덧붙였다. 특히 몸을 써야 하는 방송 녹화를 앞두고선 이틀 전부터 몸 관리를 할 수밖에 없었다고 말한다.'고 전했다. "농구하는 체력과 방송하는 체력은 별개인 것 같다. 스포츠는 2시간 안에 승패가 결정되지만 방송은 시작 시간은 정해져 있는데 끝나는 시간은 정해져 있지 않다. 녹화가 길어지면 체력적으로 지치게 된다. 다른 사람들한테 피해 주지 않으려면 몸 관리는 필수인 것 같다."는 허재의 말도 소개했다. 나는 조금 웃었다. 허재는 토요일 경기를 앞둔 금요일 저녁에도 긴 술자리를 마다않던 사나이였기 때문이다. 조금 앞에 나온 허재의 말도 눈길을 끈다.

"〈뭉쳐야 찬다〉가 발판이 돼 다양한 프로그램에 출연하다 보니 1년이란 시간이 금세 지나갔다. 얼마 전 〈뭉쳐야 찬다〉가 1주년 기념 방송을 했는데 그 방송 녹화하면서 알았다. 내가 예능한지 1년이 됐다는 사실을. 나름 의미 있는 시간을 보냈던 것 같다. 예능은 리액션도 중요하고, 자신을 드러낼 줄도 알아야 하고, 때로는 기분 나쁜 상황도 웃음으로 넘겨야 한다. 농구에서는 내가 최고라고 생각했지만 방송은 절대 최고가 될 수도 없고, 되고 싶지도 않다. 그런 경험이 새로웠다. 무엇보다 농구 팬들 뿐만이 아니라 일반인들이 나를 좋아해주는 부분이 신기했다."

농구에서는 최고여야만 했지만 예능에서는 최고가 아니어도 상관없다는 말이 가슴에 와 닿는다. 거짓말이 섞였을지 모르지만. 최고는 늘 이겨야 하고, 졌을 때 받는 충격과 상처가 평범한 사람들과 비교할 수 없을 만큼 크다. 나는 지금도 2007년 2월 6일 잠실체육관에서 (체육관은 실내에서 운동할 수 있게 지은 건축물이다. 1979년 4월 18일 박정희 대통령이 개관 테이프를 끊은 서울잠실체육관이 언제부터 '실내'라는 흔적기관을 달았는지 모르겠다. 잠실학생체육관과 구분하기 위해서라는 말은 이해하기 어렵다.) 본 허재의 모습을 기억한다. 허재는 KCC의 감독이었다. 삼성 썬더스가 무자비한 공격를 퍼부어 108-68로 이겼다. 그날 허재는 내가 본 그의 모습 가운데 가장 초라하고 비참했다. 나중에 중앙일보사가 있는 순화동에서 만난 허재는 청주를 마시면서 "정말 견디기 어렵더라."고 고백했다.

선수 허재는 무적이었다. 손이 부러지고 등 근육이 배배
꼬이거나 눈두덩이 찢어져 피가 줄줄 흘러도 이기고자 마음
먹으면 이길 수 있는 사람이었다. 그러나 유니폼을 다시 입
을 수 없다. 허재가 농구장으로 돌아가 할 수 있는 일은 감독
아니면 단장이다. 텔레비전 방송의 농구 해설자 같은 일은
직업도 부업도 되지 못한다. 허재를 원했다는 구단도 감독으
로 일해 달라고 했을 것이다. 감독의 일은 마음대로 되지 않
는다. 선수로서 자신만 못했던 상대 감독에게 빈번히 지는
나날을 허재가 받아들이기는 어렵다. 그는 이기는 데 익숙했
지만 패배에는 서툴렀다. 패배를 기피하는 마음이, 질 것 같
으면 싸우지 않으려는 심리도 아주 없지는 않을 것이다. 나
도 의심한 적이 있다. 허재가 미국프로농구(NBA)에 진출할
지 모른다는, 그런 기대를 품었던 몇 주일 동안에.

　　나는 『중앙일보』의 1995년 9월 12일자 종합 37면에 「허
재 캐나다 밴쿠버 구단·대만 프로농구서 입단제의」라는 제
목으로 기사를 썼다. 많은 농구팬들이 아직도 이때의 일을
두고 의견을 나눈다. 팬들은 대만을 제쳐두고 NBA 이야기
만 한다. 간단한 이야기다. '허재가 NBA에 갈 수 있었느냐,
없었느냐.' 내가 쓴 기사는 "NBA냐 대만이냐."로 시작된다.

시간이 흐른 뒤 이 리드 뒤에 '아니면 남느냐.'가 숨어 있었음을 알겠다. 결론부터 말하자면 기아에 남을 가능성이 가장 컸다. 과감하게 움직였다면 대만에 갔을 것이다. 허재가 그해 8월 존스컵 대회에 출전했을 때, 대만농구협회 왕젠타 회장이 타이중에서 그를 만나 자신이 연말에 창단하는 프로 팀에 입단해줄 것을 요청했다. 당시 왕 회장 측이 제시한 연봉은 4억 원이었다고 한다. 지금도 큰돈이고 그때는 더 큰 돈이었다. 왕 회장 입장에서는 그래도 해볼 만한 투자였을 것이다. 대만의 농구팬들은 허재를 우리가 상상하기 어려울 만큼 사랑했기 때문이다.

NBA 진출과 관련해서 말하자면, 분명한 움직임이 있었다고 증언할 수 있다. 1995-96시즌부터 리그에 참여한 밴쿠버 그리즐리스가 허재에게 관심을 가졌음에는 의심의 여지가 없다. 한국에 (더 정확히는 한국 남자농구에) 관심이 많았던 캐나다의 브루스 언스 브리티시컬럼비아대학교(UBC) 농구팀 감독, UBC 부총장을 역임한 하인스 마치 그리즐리스 구단이 사가 고 한창도 선생의 도움을 받아 허재와 접촉했다. 한 선생은 정말 헌신적으로 노력했다. 캐나다에 거주하는 허재의 용산고 선배 한 분도 한국의 슈퍼스타를 밴쿠버로 초대하기 위해 노력했다. 나는 운 좋게 이 일을 알게 되었다. 지금 거론한 네 분 중에 두 분을 통해 확인한 일이다. 나는 열심히 뛰었다. 중앙일보사 사내방송(운현궁 스튜디오)의 도움으로 허재의 하이라이트 비디오를 제작해 밴쿠버로 보냈다. 허재의 가족 몇 분에게는 상황 설명도 해드렸다. 사실 허재의 하이라이트 필름은 필요 없었다. 허재는 1994년 토론토에서 벌어진 제12회 세계남자농구선수권대회에서 눈부시게 활약했다.[*] 그의 드리블, 시야, 패스는 요즘 말로 '월드 클래스'였다. 장신 수비수를 쉽게 제치고 동료들에게 노마크 숫 기회를 만들어 주었다. 그러므로 밴쿠버에서는 허재가 어떤 선수인지 잘 알았고, 그의 기량을 결코 의심하지 않았다. 북미에서 샌프란시스코 다음으로 동양계 (주로 중국인이지만) 이민자가

---

[*] 한국은 조별리그 B그룹에 속해 호주(85:87 패), 크로아티아(53:104 패), 쿠바(79:92 패)를 상대했다. 허재는 호주와의 첫 경기에서 가장 돋보였다. 38분 동안 뛰면서 20득점, 7리바운드, 7어시스트를 기록했다. 득점은 문경은(24득점) 다음으로 많았고, 리바운드와 어시스트는 팀 내 1위였다. 한국의 경기력을 분석하고 나온 크로아티아를 상대로는 강한 견제를 받으면서 29분 동안 16득점, 2리바운드, 2어시스트를 올렸다. 쿠바와의 경기에서는 40분을 다 뛰면서 21득점, 2리바운드, 1어시스트를 기록했다.

많이 거주하는 지역적인 배경도 크게 작용한 듯했다.

　허재의 밴쿠버행이 성사되고, 내가 단독으로 기사를 썼다면 당시로서는 엄청난 특종이 되었을 것이다. 모두가 아는 대로, 그렇게 되지 않았다. 당시 허재의 나이 만 서른이었다. 운명에 도전하고 운을 시험하기에는 늦은 나이였다. 밴쿠버는 허재가 마음대로 대장이나 1등을 할 수 없는 곳이다. 밑바닥에서 시작해야 했다. 아무 연고도, 어떠한 보장도 없는 NBA 코트에서 베스트 멤버로 활약하기는 어려웠을 것이다. 더구나 허재는 '도전하는 정신'만으로 상찬(賞讚)을 누릴 입장이 아니었다. 무엇보다도 허재에게 움직일 마음이 없었던 것 같다. 아까 말한 대로 움직였다면 대만이 행선지가 됐을 가능성이 크다. 허재보다 앞서 한국 남자농구의 간판으로 활약한 이충희가 대만에서 뛰고 있었다. 당시 허재는 '경제적인 전환점'이 절실하게 필요했다. 왕젠타 회장은 그의 현실적인 어려움을 해결할 수 있는 인물이었다. 그렇다고 해도 당시 허재가 속한 기아농구단이 간판스타를 아무 말 없이 대만으로든 밴쿠버로든 보냈을 리 없다. 허재가 대만 측의 제의를 받았고 밴쿠버와도 접촉했다는 사실을 나중에 확인한 기아 관계자들은 몹시 화를 냈다.

이제 와서 생각하면 '밴쿠버 그리즐리스의 제안'을 구단의 직접적인 영입 움직임이었다고 보기는 어렵다. 그리즐리스 구단의 스카우트 부문과 에이전트들이 관련된 비즈니스였을 것이다. 돌아가신 한창도 선생과 '캐나다 동포'가 엄청나게 노력했다. 우리 농구를 위해서라도 허재를 반드시 밴쿠버로 보내고 싶었던 것이다. 메이저리그의 박찬호가 한 일을 허재가 해주기를 기대하면서. 사실 허재는 무슨 일이 벌어지는지 구체적으로 알지 못했다. 더 솔직히 말하자면 나도 이 무렵에는 NBA 구단들이 어떻게 선수를 접촉해 협상하고 계약하는지 알지 못했다. 사실과 정보보다 단독기사를 쓰겠다는 야망이 더 컸기에, 미처 못 본 진실의 영역도 있을 것이다. 나는 들은 대로 썼다. 허재에게 제시됐다는 '계약 조건'도 기사로 소개했다. 얼마 지나지 않아 내 이해가 잘못되었거나 비현실적인 (또는 비상식적인) 내용이 포함되어 있다는 사실을 알았다. '계약금'과 같은. 나는 이 일을 계기로 미국을 포함한 외국의 농구 제도와 시장에 대해서 공부하기 시작했다. 지금처럼 국내에도 우수한 에이전트들이 많은 시절이었다면, 그래서 허재를 설득해 밴쿠버 행을 성사시켰다면 우리 농구의 역사도 달라지지 않았을까.

허재가 받은 '제안'과 비슷한 수준의 접촉을 현주엽도 경험했다. 1997년 8월 이탈리아의 시칠리아에서 하계 유니버시아드가 열렸을 때의 일이다. 뉴욕 닉스의 스카우트가 카타니아대학교 체육관에서 내게 명함을 주며 한국대표팀의 현주엽에 대해 관심을 보였다. 반투명 비닐로 만든 파일봉투 안에 현주엽과 관련한 메모, 경기기록 등을 여러 장 가지고 있었다. 그는 현주엽이 국내 경기에서 활약하는 동영상을 더 보고 싶어 했다. 나는 이번에도 운현궁 스튜디오에 의뢰해 현주엽의 하이라이트 비디오를 제작해 보내주었다. 현주엽의 어머니가 아들을 대신해 상황을 관리했다. 이 일은 짧은 전화 통화로 '없던 일'로 정리가 됐다.

세월이 덧없이 흘러, 모두가 먼 옛날의 이야기가 되었다. 열성적으로 도와주시던 한창도 선생도 세상을 떠난 지 6년이 지났다. 나 역시 은퇴한지 오래된 '한 때 기자'일 뿐이다. 허재의 이야기도 이런저런 살이 붙어 (온라인에서 굴러다니다 보면 그렇게 되는 것 같다.) 누구도 증명 못할 전설이 되어 간다. 그리고 허재는 지난달 말까지 4주 연속 CSPA 스포츠관심도 1위를 지키면서 새로운 이야기를 써나가고 있다. 그는 반드시 1등을 해야 하는 사람이다. 1등을 할 수 없다면 안 하고 말, 그런 사람. 허재가 "예능은 1등이 아니어도 되니까 괜찮다."고 말한다면, 곧이듣기 어렵다. 그가 〈도시어부〉에 나가서 붕어나 도미를 잡지 못할 때, 마음속에 불길이 일 것이다. 그 분노를 감추고 싶어서, 낚시라는 '경기'를 하면서도 하지 않는 척, 관심이 없는 척 할 뿐이다. 허재는 예능판에서도 노력하고 있다. 그러므로 나는 단언한다. 몇 년 안에 허재가 '연말연예대상'을 받을 것이다. 연예 무대에서 트로피 수집에 실패한다면? 당연히 분장을 지워 버리고 농구장으로 돌아올 것이다.

최희암

여자프로골프 박민지 프로가 시즌 6승째를 기록했다.[*] 나는 장맛비가 오락가락하는 문수산 아래 오두막에서 텔레비전 중계를 시청했다. 우리 방송의 골프중계 품질이 매우 뛰어나다는 생각을 또 한 번 했다. 중계화면 오른쪽 아래에 배치한 자막에 필요한 정보가 집약됐다. 순위, 타수 등등. 선수의 동작, 표정, 상황과 풍경을 보여주는 화면 움직임도 훌륭했다. 타구의 궤적을 붉은 색 선으로 표시해 타구의 방향을 알 수 있게 해주기도 했다. 옥에 티를 굳이 꼽자면 진행자의 동어 반복이었다. "이거 들어가면 11언덥니다." "이거 넣으면 공동선둡니다."와 같은 설명은 전혀 필요 없다고 생각

---

[*] 2021년 7월 11일.

했다. 화면이 모든 정보를 직관적으로 구현하고 있었으므로.

진행자는 녹음기를 돌리듯 선수가 퍼트를 할 때면 같은 말을 반복했다. 나는 듣기 불편했고, 진행자의 상황설명보다는 해설자의 분석을 조금 더 듣는 게 낫다는 생각을 했다. 그리고… 중계진은 ('보그병신체'를 빗대 말하자면) 절대로 치유 불가능한 '골프병신체'로 말하고 있었다.* 물론 이 같은 불만은 다른 시청자분들의 공감을 얻지 못할 수도 있다.

아무튼 놀라운 승부였다. 박민지는 선두 서연정에 2타 뒤진 채 마지막 날 경기를 시작했다. 초반에는 서연정이 흐름을 주도했다. 서연정은 2번 홀에서 10m쯤 되는 긴 버디 퍼트에 성공해 2위와의 거리를 3타 차까지 벌렸다. 그러나 5번 홀에서 보기를 기록하면서 추격의 빌미를 주고 말았다. 박민지가 6번 홀에서 6m짜리 버디 퍼트를 떨어뜨려 1타 차로 추격한 것이다. 박민지는 7번홀(파5)에서 맞은 절체절명의 위

---

* 보그병신체: 세계적인 패션지 '보그'에다 비속어 '병신'을 결합한 말로, 한글 대신 영어 단어를 소리 나는 대로 쓰고 조사만 갖다 붙인 문체를 일컫는다. 보그를 비롯해 라이선스 패션잡지 한국어판에서 이런 어처구니없는 글쓰기를 워낙 아무렇지도 않게 한다고 해서 누군가 붙인 이름이다. (『중앙일보』 안혜리 기자, 「지하철의 보그병신체」)

기를 극복해냈다. 놀라울 정도로 침착했다. 티샷이 페어웨이를 벗어났고, 공을 살려 내기 위해 친 두 번째 샷은 반대편 러프로 날아갔다. 그래도 이 홀에서 파를 지키고 다음 홀에서 버디를 잡아 공동선두에 나섰다. 13번 홀에서 버디를 더해 마침내 단독 선두가 되었다. 박 프로는 17번 홀에서 1타를 잃어 공동 선두를 내주었지만 18번 홀 버디로 승부를 결정지었다. 경기를 끝내고 보니 2타 차 우승이었다. 정신력이 정말 강한 선수 같다. ('같다.'고 표현해서 미안하다. 그러나 나는 이 선수와 대화해본 적이 없기에 단언해서는 안 된다.) 그녀는 다음과 같은 말로 강한 정신을 느끼게 해주었다.

17번 홀에서 보기를 하고 '나는 인생이 쉽게 가지 않는구나.'라고 느꼈다. 보기를 해 심장이 떨리는 상황을 만들더라. 그래서 웃음이 나왔다. 기가 막혔다. 그런 상황을 많이 경험해 웃음이 나왔다. 다시 잘할 수 있을 거라는 자신감을 갖고 다음 홀로 갔다."(필자 정리)

박민지에게 7번 홀과 17번 홀, 어느 쪽이 더 큰 위기였을까? 7번 홀에서 맞은 위기를 넘기지 못했다면 1, 2타를 잃었을 것이다. 선두를 추격할 동력을 잃을 수도 있었다. 반면 7번 홀에서 점수를 잃어도 남은 홀에서 만회할 수 있다고 생각할 수 있다. 이후의 경기 내용과 결과를 놓고 보면 이때의 손실이 박민지에게 치명적이지 않았다고 판단할 여지가 있다. 하지만 결과론일 뿐이다. 17번 홀에서는 파를 지키지 못해 어렵게 빼앗은 단독선두 자리에서 내려갔다. 충격이 결코 작았을 리 없다. 어렵게 붙든 경기의 주도권과 흐름을 어이없게 놓쳤으므로. 마지막 홀을 맞는 기분이 착잡했을 것이다. 상황은 요즘 식으로 말하자면 '역전각'이다. 그래도 공동선두였고, 경쟁자가 뛰어난 경기력을 발휘해 박민지를 따라잡은 상황도 아니었다. 아름다운 우승 트로피가 거의 정해진 듯 했던 주인을 잠시 잃어버렸을 뿐. 18번 홀에서는 마지막 날 6타를 줄인 선수가 2타를 줄인 데 그친 선수보다 유리했을 가능성이 크다. 박민지는 샷이 흔들린 게 아니라 퍼트 한 번을 실수해 이번 대회 유일한 보기를 기록했을 뿐이므로. 이렇듯 내가 스포츠 경기를 보는 태도는 유연하지 못하다. 스포츠 경기는 과학이며 수학적 기초 위에 서 있다고 단정한다. 그래서 2021년 1월 25일 다음과 같이 '고구마' 글을 썼다.

농구는 득점이 많이 나오는 경기다. 결승 3점포라고 해도 60~70점에서 100점 이상까지 나오는 농구에서는 작은 부분일 뿐이다. 물론 2점차로 뒤진 팀에서 나온 3점슛은 값지다. 그러나 나는 1점차로 진 팀의 경기 기록을 다시 읽는다. 경기를 시작하자마자 얻은 자유투 2개를 모두 놓치지는 않았는가. 무인지경의 득점기회에서 림을 맞히지는 않았는가. 눈앞에서 놓친 리바운드 한 개는? 나는 경기를 시작하자마자 얻은 자유투 2개의 값이 2점을 뒤진 가운데 경기 종료 1초를 남기고 던지는 자유투의 값과 다르지 않다고 생각한다. 그래서 '경기의 흐름'이나 '승부처'라는 말에 그다지 흥분하지 않는다. 스포츠가 정말로 인생을 닮았다면, 한 순간도 소홀히 해서는 안 된다는 점에서 그렇다.

이런 사고방식을 가진 사람에게는 7번 홀의 위기나 17번 홀의 실패가 박민지가 보여준 경기의 본질이 될 수 없다. 박민지는 7번 홀에서 파를 했고 17번 홀에서 퍼트를 세 번이나 하는 바람에 보기를 기록했다. 박민지는 7번 홀에서 티샷을 더 잘했어야 하고 17번 홀에서는 '스리 퍼트'를 하지 않았어야 한다. 그것뿐이다.

경기가 열린 곳은 서원밸리였다. 내가 골프를 자주 친 곳이다. 대학교 선배 한 분이 회원이셔서 자주 초대받았다. 서원밸리는 풍경이 아름답고 코스는 재미있다. 나는 '서원코스'의 2번 홀과 '밸리코스'의 8번 홀을 특별히 좋아한다. 농구인들과도 이곳에서 골프를 여러 번 쳤다. 금방 떠오르는 이름은 조승연, 김석연, 박수교, 이문규, 신동찬, 박종천, 이충희, 박건연 등이다. 이분들과는 내 시골집이 있는 김포나 강화에서 낚시를 함께 하기도 했다. 앞에 소개한 분들 외에 최정길(박고), 신선우, 유재학, 임근배, 김태훈 등이 나의 낚시 동반자들이다. 휴가철을 이용한 취미는 농구인들을 깊이 이해하고 농구에 대해 더 많이 알게 해주었다. 유재학 감독은 낚시 실력이 농구 실력만큼이나 뛰어난 사람이다. 나는 그에게서 낚시 기술을 많이 배웠다. 충주댐에 가서 밤샘 낚시를 자주 했다. 고요한 밤에 좌대에 나란히 앉아 주고받은 대화는 매우 유익했다. 요즘은 유 감독도 낚시를 그리 자주 하는 것 같지 않다. 나 역시 골프를 치지 않은 지 5년이 다 되었고, 낚시도 하지 않는다. 언제부턴가 바늘에 걸린 물고기의 몸부림이 '손맛'이 아니라 고통으로 느껴졌기 때문이다. 시간이 허락할 때 〈도시어부〉를 즐겁게 시청하지만 '나도 가서 손맛을 보고 싶다.'는 생각은 아직 없다.

　서원밸리 멤버 중에 최희암 고려용접봉 대표이사 부회장도 있다. 내가 농구 출입기자가 되었을 무렵 최 부회장은 연세대학교 농구부의 감독으로서 주목받았다. 공들여 우수한 선수를 모으고 혹독하게 조련한 결과는 1994년 연세대가 대학팀으로는 처음으로 농구대잔치를 제패하는 눈부신 성과로 응결되었다. 최 감독이 길러낸 문경은, 김재훈, 이상범, 이상민, 우지원, 서장훈, 김동우 등이 '농구대잔치 시대'의 주역이었다. 이들은 나중에 우리 프로농구의 중심선수가 되었다. 나는 가끔 최 감독에게서 농구를 배우기도 하고 의견충돌도 하면서 오랜 인연을 이어왔다. 그는 연세대를 떠나 프로팀(모비스와 전자랜드)에서 일했다. 모비스를 나와 전자랜드 감독이 되기 전에 동국대학교 감독을 맡기도 했다. 이때는 내가 모교인 동국대학교에서 뒤늦게 대학원(박사과정) 공부를 하던 시절이다. 나는 이 시기에 농구지도자 최희암의 진면목을 보았다. 내가 아는 한 그는 우리 대학농구 역사상 다섯 손가락 안에 들어가야 하는 뛰어난 감독이다. 내 경험에 한정했음을 전제로 나는 박한, 정봉섭, 최정길, 최부영 감독을 최희암 감독과 함께 거명할 수밖에 없다.

아침 일찍 동국대 체육학과 교수들의 연구실이 있는 '금강관'에 가면 거기 딸린 농구 코트가 내려다보였다. 최 감독은 아침 일찍 출근해 '동국대학교'라는 푸른색 글자를 프린트한, 목이 늘어진 티셔츠에 운동화를 신고 선수들이 훈련하러 나오기를 기다렸다. 최 감독이 선수들보다 늦게 훈련장에 들어서는 모습을 보지 못했다. (후임자는 그렇지 않았다.) 선수들이 개인 야간훈련을 할 때도 최희암 감독은 코트를 떠나지 않았다. 일이 있어 나갔다가도 시간이 되면 어김없이 돌아왔다. 선수 사랑이 대단해서 작은 물건 하나, 간식 부스러기 하나라도 챙겨 주려 애썼다. 동국대학교 농구부를 지도하던 시절에는 연세대에서 일할 때처럼 선수들을 강하게 몰아세우거나 체벌을 하지도 않았다. 이 시기에 (더러 때리는 지도자가 있던 시절이다.) 동국대 선수들은 맞지 않고 운동했다. 그리고 그가 지도한 선수들은 대부분 프로에 갔다. 정재홍, 오기석, 이민재, 이강선, 천대현, 기승호 등이 그들이다. 동국대학교 농구부는 2007년 이호근 감독의 지휘로 농구대잔치 결승에 진출했다. 나는 이 성과를 최희암 감독 체제의 유산이라고 생각한다. 최 감독은 이때 동국대를 떠나 전자랜드의 사령탑에 앉았다.

최희암 감독은 코트를 떠난 뒤 기업인으로서도 성공가도를 달리고 있다. 스포츠 인들은 은퇴한 다음 직업 전선에서도 뛰어난 역량을 보여주는 경우가 많다. 높은 수준의 경기력은 습관을 넘어 지능과 지식, 간단히 말하자면 이성의 지배를 받은 결과다. 거칠게 말하자면, 머리가 나쁘면 스포츠에서도 사업에서도 성공하기 어렵다. 그래도 최희암 감독만큼 농구와 비즈니스 양면에서 성공적인 커리어를 쌓는 인물은 흔하지 않다. 원래 뛰어난 사람이기도 하고, 주변의 도움과 행운도 따랐을 것이다. 나는 아직도 그를 농구 감독으로 생각하고, '부회장'으로 부르기를 불편해 한다. 나의 오래된 주장은 농구 코트의 스펙트럼이 넓고 다양해야 한다는 것이다. 예를 들자면 방열, 김인건과 같은 노장들과 이상민, 이상범 같은 젊은 지도자들이 한 무대에서 경쟁하면서 영향을 주고받는 모습을 상상하는 것이다. 1969년과 1970년 우리나라를 아시아 정상으로 인도한 김영기 (당시 코치) 선생님이 백발을 날리며 벤치에 앉은 모습을 상상하면 나도 모르게 흥분된다.

언젠가 유재학 감독이 "우리나라 프로농구 팀들이 결국은 똑같은 농구를 하게 될 것"이라고 한탄했다. 프로리그가 출범한 뒤 농구팀과 지도자의 농구철학이나 개성이 사라지고 외국인 선수 중심으로 단조롭게 이어지는 경기 방식에 대해 정직하게 고민한 결과다. 다양성이 사라진 농구 코트는 근친교배를 거듭한 야생의 동물이나 절대왕정 시대의 에스파니아 황실처럼 생물학적으로 건강성을 잃기 쉽다. 현장의 농구 관계자들께는 매우 미안한 말씀이지만, 내가 보기에 프로농구 코트에서는 별다른 차별점이 없는 경기상품들이 상투적인 경쟁을 계속하고 있다. '삼성의 농구'와 '기아의 농구', '방열의 농구'와 '김인건의 농구', '고대의 농구'와 '연대의 농구'처럼 강렬한 정체성이 격돌하는 경기를 보기 어렵다. 경기의 속도, 슛 던지는 선수들이 보여주는 스텝의 리듬, 포인트가드의 손끝이 흩뿌리는 패스의 날카로움 같은 매력을 자주 맛보기 어렵다. 외국인 선수 스카우트의 성패가 한 시즌의 성적을 결정한다든지, 국제대회에서 경쟁력을 상실해 가는 대표 팀의 현실 역시 같은 지점에서 문제점을 찾을 수 있다고 생각한다.

언젠가는 뛰어난 누군가가 나타나 우리 농구의 패러다임을 근본적으로 바꾸게 될 것이다. 그러한 충격과 거기 대응하는 용기와 모험이 우리 농구를 발전시키고 더 높은 곳으로 인도해 왔음을 우리는 역사를 통해 배운다. 한국농구는 존 번, 내트 홀맨, 찰리 마콘, 제프 고스폴 같은 미국인 코치들을 초빙해 '선진농구'를 배우고자 노력했다. 이 토양에서 성장하고 성숙한 김영기, 김영일, 김인건, 이인표, 신동파, 유희형 등 '레전드'들이 우리 역사를 고쳐 썼다. 방열은 농구 코칭을 남다른 자세와 관점에서 이해한 사람이다. 그의 창의력이 신선우, 박수교, 신동찬, 임정명, 이충희의 재능과 만나 완성한 기록이 1982년 '뉴델리의 기적'이다. 나는 최희암 역시 천재적인 코치의 계보에 들어가야 한다고 믿는다. 선수의 기술과 체력, 정신력뿐 아니라 심리의 영역까지 파고든 그의 농구는 연세대와 더불어 역사의 일부가 됐다. 유재학은 프로농구라는 새로운 판도 속에서 합리적이고 세심하면서도 장대한 스케일을 겸비한 자신만의 농구를 추구하고자 애쓴 결과 살아있는 전설의 반열에 올랐다. 이들은 하나같이 모험가였다.

박신자

옛날엔 통제사(統制使)가 있었다는 낡은 항구(港
口)의 처녀들에겐 옛날이 가지 않은 천희(千姬)라
는 이름이 많다/미역오리 같이 말라서 굴껍질처럼
말없이 사랑하다 죽는다는/이 천희(千姬)의 하나를
나는 어느 오랜 객주(客主)집의 생선 가시가 있는
마루방에서 만났다/저문 유월(六月)의 바닷가에선
조개도 울을 저녁 소라방등이 붉으레한 마당에 김
냄새 나는 비가 나렸다

백석 시인이 쓴 시「통영」이다. 통영에는 그가 짝사랑한
처녀가 살았다. 1935년 젊은 백석은 친구의 결혼식에 갔다
가 우연히 만난 통영 처녀에게 첫눈에 반했다. 처녀의 나이

열여덟, 이화여고에 다녔다고 한다. 백석은 처녀를 짝사랑하여 세 번이나 통영에 가지만 매번 만나지 못했다. 낙담한 시인은 낮술을 마시고 충렬사 계단에서 「통영」이라는 제목으로 한 번 더 시를 쓴다. 요즘 나오는 시집에는 대개 「통영2」로 표기한다.

구마산(舊馬山)의 선창에선 좋아하는 사람이 울며 나리는 배에 올라서 오는 물길이 반날/갓 나는 고당은 가깝기도 하다/바람맛도 짭짤한 물맛도 짭짤한/전복에 해삼에 도미 가재미의 생선이 좋고/파래에 아개미에 호루기의 젓갈이 좋고/새벽녘의 거리엔 쾅쾅 북이 울고/밤새껏 바다에선 뿡뿡 배가 울고/자다가도 일어나 바다로 가고 싶은 곳이다/집집이 아이만한 피도 안 간 대구를 말리는 곳/황화장사 영감이 일본말을 잘도 하는 곳/처녀들은 모두 어장주(漁場主)한테 시집을 가고 싶어 한다는 곳/ 산 너머로 가는 길 돌각담에 갸웃하는 처녀는 금(錦)이라는 이 같고 내가 들은 마산(馬山) 객주(客主)집의 어린 딸은 난(蘭)이라는 이 같고/난(蘭)이

라는 이는 명정(明井)골에 산다든데/명정(明井)골
은 산을 넘어 동백(冬栢)나무 푸르른 감로(甘露)같
은 물이 솟는 명정(明井)샘이 있는 마을인데/샘터
엔 오구작작 물을 긷는 처녀며 새악시들 가운데 내
가 좋아하는 그이가 있을 것만 같고/내가 좋아하는
그이는 푸른 가지 붉게붉게 동백꽃 피는 철엔 타관
시집을 갈 것만 같은데/긴 토시 끼고 큰머리 얹고
오불고불 넘엣거리로 가는 여인은 평안도(平安道)
서 오신 듯한데 동백(冬栢)꽃 피는 철이 그 언제요/
옛 장수 모신 낡은 사당의 돌층계에 주저앉어서 나
는 이 저녁 울 듯 울 듯 한산도(閑山島) 바다에 뱃사
공이 되어가며/녕 낮은 집 담 낮은 집 마당만 높은
집에서 열나흘 달을 업고 손방아만 찧는 내 사람을
생각한다

  시인의 사랑이 깃든 그곳, 통영은 예술의 도시다. 통영에
서 태어난 소설가 박경리(1926~2008)는 "통영 사람에게는
예술가의 DNA가 흐른다. 이순신과 300년 통제영 역사가 통
영 문화에 오래도록 영향을 미쳤다."고 했다. 그의 대하소설

「토지」를 비롯해 「김약국의 딸들」, 「파시」 등에는 어김없이 고향땅 통영이 등장한다. 소설가 박경리, 극작가 유치진, 시인 유치환·김춘수, 시조시인 김상옥, 작곡가 윤이상, 화가 전혁림 등 이름만으로도 묵직한 문화계 거장들이 통영에서 태어나 창작 혼을 불태웠다. 시인 정지용은 1950년 통영기행문에서 "금수강산 중에도 모란꽃 한 송이인 통영과 한산도 일대의 풍경, 자연미를 나는 문필로 묘사할 능력이 없다."고 했다. 점점이 떠 있는 570개 섬들이 작가들의 감성에 불을 지핀 것일까, 부드러운 산세와 호젓한 항구가 무한한 상상력을 키워준 것일까.(『경향신문』 정유미 기자, 「도시를 읽다 22」)

이 아름다운 도시에서 박신자컵 서머리그가 열리고 있다. 박신자컵 서머리그는 한국여자농구연맹(WKBL)이 주관하는 대회로 2015년에 시작되었다. 대회 명칭이 말해주듯 우리 여자농구의 전설 박신자 선생의 업적을 기리기 위해 창설되었다. 박 선생은 우리 농구 역사상 가장 위대한 여성 선수다. 나는 우리나라 남자농구 역사상 가장 뛰어난 선수를 꼽으라는 질문 앞에서 오래 고민해야 한다. 김영기, 신동파, 이충희, 허재…. 그러나 여자농구 부문에서는 고민할 여지가 없다.

오래 생각할 필요도 없이 박신자 선생이다. 1984년 LA올림픽 은메달리스 박찬숙의 업적이 눈부시지만 박신자 선생의 광휘를 덮을 수는 없다.

박신자 선생은 숙명여자중고등학교를 거쳐 숙명여대영문학과, 이화여대 대학원 체육학과, 미국 매사추세츠 주 스프링필드대학 대학원 체육학과를 졸업했다. 숙명여자중학 시절부터 '백 년에 한 사람 날까 말까 한 천재'라는 평가를 받았다. 1963년 한국 여자농구의 첫 세계무대인 제4회 세계여자농구선수권대회(페루)에서 대표팀이 8위를 차지하는데 기여했다. 경기당 20.6점을 올리며 평균 득점 1위를 차지해 대회 베스트5에 이름을 올렸다. 1967년 제5회 세계선수권(체코)에서 한국이 준우승할 때 평균 19.2점을 기록하며 대회 최우수선수(MVP)를 수상했다. 준우승 팀 MVP는 당시에도 이례적이었다. 1965년 아시아농구선수권대회(ABC) 우승, 1967년 도쿄유니버시아드 우승 등 우리 여자농구가 세계 정상급으로 성장하는 데 주역이 된 인물이다. 이러한 공적으로 국민훈장 석류장, 5·16 민족문화상을 받았다. 박 선생은 또 1999년 설립된 여자농구 명예의 전당에 초대 헌액자로 이름을 올렸다. 동양인으로는 유일했다. 2015년에는 대한체육회 선정 스포츠영웅 명예의 전당에 헌액됐다. (이태신, 『체육학대사전』 · 박지혁, 『뉴시스』)

나는 도쿄유니버시아드 우승을 우리 농구사에 빛나는 한 장면으로 인식하고 있다. 비록 대학생의 대회지만 대단한 의미가 있다. 우리 농구가 세계 최고를 의식하면서 도전하고 성취한 역사이기 때문이다. 유니버시아드(Universiade)는 대학(University)과 올림피아드(Olympiad)의 합성어다. 국제대학스포츠연맹(FISU)이 주관하는 대학생 종합경기대회다. 우리나라는 제1회 대회(1959년 이탈리아 토리노)부터 참가했다. 주요 외신은 유니버시아드를 흔히 학생경기대회(Student Game)로 표기하며 크게 보도하지 않는다. 그러나 우리에게는 중요한 국제종합경기대회다. 대한체육회의 기준에 따르면 유니버시아드에서 따낸 금메달에는 연금점수 10점, 은메달엔 2점, 동메달엔 1점을 부여한다. 아시안게임과 똑같다. 올림픽은 금·은·동 각각 90, 30, 20점이다. 올림픽과 아시안게임은 4년마다 열리지만 유니버시아드는 2년에 한 번씩 열린다. 유니버시아드에 참가하는 외국 선수 가운데 상당수가 아마추어들이다. 그래서 한국 선수들은 올림픽이나 아시안게임에 비해 좋은 성적을 내는 편이다. 1967년 일본 도쿄유

바스켓볼 다이어리

니버시아드에 참가한 한국 남녀농구가 좋은 예다. 남자는 미국에 이어 준우승, 여자는 일본을 누르고 우승했다. 한국은 박신자 선생을 비롯, 김추자·주희봉 등 세계선수권 준우승 멤버를 모두 보냈다. 박 선생은 네 경기에서 111점을 넣어 득점왕을 했다.

나는 박신자 선생의 전성기를 보지 못했다. 그가 세계를 누빌 때는 코흘리개에 불과했다. 1991년 겨울, 아마추어대회인 '농구대잔치' 시절에 박 선생을 자주 만났다. 농구 관전평을 부탁하자 그는 흔쾌히 승낙했다. 관전평을 쓴 한 시즌 동안 그는 매 순간을 즐겼다. 주요 경기는 오후 두 시 전후에 열렸다. 박 선생은 일찍 잠실학생체육관에 나가 일정을 확인한 다음 천천히 걸어 아시아선수촌아파트 근처 골목 안에 있는 설렁탕집에 가서 혼자 점심을 들었다. 그 모습이 평화롭고 아름다워서 박 선생을 발견했을 때도 부르지 않고 먼발치에서 지켜보곤 했다. 그의 글은 남달랐다. 경험을 녹여 쉽게 썼는데 후배 선수들에 대한 애정이 넘쳐흘렀다. 그를 정말 가까이서 볼 기회도 있었다. 1992년 6월 스페인의 비고에서 프레올림픽이 열렸을 때다. 바르셀로나올림픽 예선이었다. 박신자 선생은 그곳에서 열리는 국제회의에 한국대표로 참석했다. 시간이 날 때마다 우리 대표선수들을 뒷바라지했다. 통역과 응원단장을 자처했다. 우리 대표 팀은 세대교체기를 맞고 있었다. 1990년 아시안게임 우승 멤버인 조문주, 최경희, 정은순과 신세대 스타 유영주, 전주원이 분전했지만 성적은 좋지 않았다. 선수들은 풀이 죽었고, 식탁은 늘 고요했다. 박 선생은 손으로 김치를 찢어 선수들의 수저에 얹어 주었다.

"많이 먹어. 힘을 내야 끝까지 싸울 수 있어."

그 뒤 오랫동안 박신자 선생을 보지 못했다. 그러다 2015년 7월 3일 신선우 WKBL 총재의 취임식 자리에서 박 선생을 만났다. 내가 인사를 하자 박 선생은 허리를 굽히며 "오랜만입니다, 반갑습니다."라고 했다. 변함이 없었다. 강원도 속초에서 첫 박신자컵 서머리그가 열릴 때, 그는 주인공으로서 시구(始球)를 했다. 나는 몇 가지 이유 때문에 못마땅했다. 첫째는 만시지탄(晩時之歎). 이 위대한 인물을 기리는 대회가 왜 이제야 열리는가. 둘째, 비주전선수들이 주로 참가하는 이 대회가 얼마나 오래 유지될까. 셋째, 그러므로 차라리 여자프로농구 우승컵을 '박신자컵'이라고 해야 하는 것 아닌가. 아니면 뛰어난 선수들이 모두 출전하는 제3의 대회를 창설하든가. 우리 스포츠는 역사를 거듭하면서 수많은 전설을 낳아왔다. 축구의 차범근, 야구의 박찬호, 골프의 박세리, 권투의 홍수환… '살아있는 전설'들이 제대로 된 대접을 받고 있다고 확언하기 어려운 이 시대에 어찌됐든 박신자 선생을 기리는 대회가 있음은 위안거리일까.

도쿄의 불빛

대한민국 여자농구대표팀이 오늘* 귀국했다. 한 번도 못 이겼고, 당연히 조별리그 탈락을 감수했지만 팬들은 선수단을 비난하지 않는다. 좋은 경기를 했기 때문일 것이다. 경기의 수준이 팬들이 설정한 기준을 통과했다는 뜻이다. 사실 우리 여자농구대표팀에 '도쿄 8강'은 처음부터 목표가 아니었다. 1승조차 불가능한 과제였다. 더 냉정하게 말하면 2019년과 지난해 우리 여자농구의 실력은 올림픽에 나갈 수준이 아니었다. 기적과도 같은 두 차례 승리가 아니었다면 도쿄에 가지 못했을 것이다. 우리는 2019년 11월 14일 뉴질랜드에서 열린 지역예선에서 중국을 81:80으로 이겼다. 이

---

* 2021년 8월 2일.

승리를 발판으로 최종예선으로 나아갔다. 2020년 2월 8일 엔 세르비아에서 영국을 82-79로 이기는 또 한 번의 기적을 썼다. 2019년 유럽선수권대회 4위 영국은 '중국보다 더 까다로운 팀'이라는 평가를 받았다. 우크라이나, 라트비아, 몬테네그로를 모두 이긴 강한 팀이었다. 이 승리 덕분에 '최종 전에서 중국에 져도 스페인이 영국을 이기면 조3위가 되어 본선에 나갈 수 있다.'는 복잡한 셈법이 가능해졌다.

이렇게 해서 가져온 본선 티켓의 가치를 따지기에 앞서 우리 농구계는 선수혹사 논란으로 한바탕 내분을 치렀다. 대한민국농구협회는 '지도력 부족'이나 '윤리적 결함' 등이 아닌, '미디어와의 소통 부족'을 이유로 사령탑 교체를 단행했다. '재계약을 안 한다.'는 표현을 썼지만 사실 해임이다. '미디어와의 소통 부족'이라니⋯ 미디어의 공격이 무자비하기는 했다. 그래도 1907년 필립 질레트가 이 땅에 농구를 소개한 뒤 120년이 가깝도록 들어본 적 없는 희한한 해임 명분이었다. 속을 들여다보면 협회가 '본선 티켓을 따낸 감독의 공을 인정하며 기자들이 주장하는 선수혹사 논란에는 절대 동의를 못 하겠다. 그러나 고집을 부리며 우리를 괴롭히니 감독은 바꿔주마.'고 응답한 것이다. 일종의 복화술(複話術)

이다. 대표팀 감독 한 사람을 희생양 삼아 뭇매를 피하겠다는 이 비겁한 조치는 당시 협회가 선택할 수 있는 최선의 결정이었을지도 모르겠다.

전주원 감독은 이 혼란을 뒤로 하고 취임했다. 우리 여자농구의 '맏딸'이라고 해야 할 전주원 감독이 넘겨받은 대표팀은 난파선이거나 이미 무너진 것과 다름없는 초막 한 채에 불과했다. 나는 우리 여자농구대표팀 최초의 여성 감독이 이토록 가혹한 조건 속에서 출발하는 현실이 걱정스러웠다.* 대체 무엇을 가지고 나가 경쟁할 것인가? 이러한 우려와 상투적인 의미 부여를 나무라듯, 전주원 감독과 우리 여자농구대표팀은 세 차례 올림픽 경기에서 훌륭한 모습을 보여주었다. 세계 랭킹 3위 스페인(69-73 패)과 4위 캐나다(53-74 패)를 크게 위협했다. 2016년 리우데자네이루올림픽 동메달 팀인 8위 세르비아(61-65 패)는 이길 뻔했다. 3전 3패나 A조 최하위라는 결과는 허물이 될 수 없다. 『아시아경제』의 이종

---

* 올림픽이나 아시안게임에 나가는 A팀을 맡은 여성감독은 전주원이 최초다. 2006년 존스컵과 2009년 동아시아경기대회에 정미라, 2005년 동아시아경기대회에 박찬숙 등이 감독으로 나간 기록이 있기는 하다.

길 기자가 정리했듯 여자대표팀은 '2012년 런던올림픽과 2016년 리우데자네이루올림픽 본선 진출 실패의 흐름을 끊었고, 더 발전할 가능성까지 확인했다.'

전주원 감독이 사이타마에서 1승을 전리품으로 챙겼다면 얼마나 좋았을까. 눈부셨던 후반에 조금만 더 힘이 받쳐 주었다면, 운이 따라 주었다면 그럴 수도 있었으리라. 박혜진(우리은행)과 윤예빈(삼성생명)의 연속 3점슛으로 40-40을 만들고 42-42로 대치한 3쿼터 종반과, 윤예빈이 코너 3점슛을 터뜨려 58-56으로 뒤집은 4쿼터 5분 16초부터 61-60으로 앞서나간 7분 28초까지가 이날의 하이라이트였다. 그러나 세르비아는 남은 시간 동안 그들의 강함을 증명했다. 우리 골밑을 강하게 압박하고 리바운드를 잘 지켜냈다. 자유투를 얻을 때마다 꼬박꼬박 점수로 바꾸어냈다. 그들은 전체적인 경기 운영 능력과 승부 결정력에서 우리보다 나았다. 올해 유로바스켓 챔피언, AP통신이 미국에 이어 은메달을 딸 것으로 예상한 강팀다웠다. 박지수(KB)와 박지현(우리은행)의 슛이 막판에 빗나가 아쉽지만 세르비아의 수비가 훌륭했던 결과다.

스포츠 경기는 대화(對話)와 같다. 정신과 육체를 비롯해 모든 차원에서 수많은 메시지를 주고받는다. 경기의 본질은 도전과 응전일지 모르지만 그 방식은 소통의 기술에 기초한다. 생경하겠으나, 나는 자주 '랑그와 파롤'이라는 언어학의 개념을 끌어다가 스포츠 경기를 이해하고자 노력해왔다. 랑그와 파롤은 스위스의 언어학자 소쉬르가 주창한 개념이다. 랑그는 사회적이고 체계적인 측면을, 파롤은 개인적이고 발화적인 측면을 가리킨다. 랑그는 언어 체계를 의미하며 파롤은 그 체계 속의 언어 사용을 의미한다. 랑그는 문법처럼, 언어사용에 합의한 규칙들의 체계 전체를 지칭하므로 공적이며, 변하지 않는다. 반면 파롤은 말하는 사람의 어조나 환경, 맥락에 따라 달리 해석될 수 있는 일회적 발언이므로 사적이고 가변적이다. (김종우, 『구조주의와 그 이후』) 이를 농구 경기에 적용하면 랑그는 규칙과 규정과 기술, 파롤은 실제 경기다.

우리는 한국어를 사용한다. 즉, 우리말로 소통한다. 하지만 사람마다 말투가 다르다. 야구해설가 허구연 선생처럼 억양이나 발음이 남다른 경우도 있다. 은퇴한 투수 권혁을 '궈낵'으로, 김현수를 '기멘수'로, 변화구를 '베나구'로 불러도 우리는 쉽게 알아듣는다. 외국어도 다를 것 없다. 우리가 영어로 말하면서 '웍'이라고 발음하면, walk이나 work 둘 중 하나일 것이다. wok을 추가할 수도 있다. ('아륀지'가 중요하다고 생각하는 사람은 화를 낼지 모르지만) 내 경험에 비춰보면 '걷는다'는 말인지 '일한다'는 말인지 이해하지 못하는 미국인이나 영국인은 없었다. 맥락이 작용하기 때문일 것이다. 우리는 대화할 때 문법을 말하지 않고 뜻을 전한다. 대화는 맞춤법이나 표준어 준수를 요구받는 세계가 아니다. 농구 경기도 마찬가지다. 선수들은 누가 경기규칙을 잘 지키는지, 패스를 교과서적으로 하는지를 겨루지 않는다.

농구경기는 때로 수학처럼 명료하지만 때로는 미학처럼 모호하다. 농구경기를 어느 정도 보면, 공을 어디로 보내고 누가 슛을 던져야 하며 누구를 어떻게 막아야 하는지 길이 보인다. 고백하자면, 나는 젊은 기자 시절에 이 알량한 깨달음 때문에 적지 않게 실수를 했다. 지금에 와서 생각하면 낯이 뜨겁지만 당시에는 (코치나 선수가) '이 간단한 원리를 왜 모르나.' 하고 답답해하거나 (특히 우리 대표팀이 국제경기를 할 때) '상대가 어떻게 나올지 뻔한데 아무 생각없이 당했다.'며 분해 하거나 비판하기도 했다. 전문가들이 모욕감을 느꼈음 직하다. 사과하고 싶다. 이 주제넘은 깨달음과 지식 나부랭

이는 이런저런 인연과 행운에 힘입어 '벤치 경험'을 해보고 나서야 꼬리를 내렸다. 문법의 세계와 회화의 세계가 다르듯이 경기는 지식의 영역에 갇힌 활동이 아니었던 것이다. 그래서 농구인 최영식 선생은 "코트에서 땀과 눈물과 피를 흘려보지 않고는 농구를 알 수 없다."고 했을 것이다.

소쉬르의 말을 빌리자면 랑그는 "수많은 경험을 통해 뇌 속에 자리 잡게 된" 집단적인 형태이며, 파롤은 "개인적이며 순간적인" "개별적 경우의 총합"이다.(김종우) 여기에서 인간의 독자성과 개성, 의지와 창의력이 작동할 공간이 발생한다. 나는 도쿄올림픽에 참가한 우리 여자농구대표팀의 경기에서 'flavor'라고나 해야 할 독특한 매력을 느꼈다. 이 느낌에 이어 자연발생적으로 랑그와 파롤, 그리고 소통의 예술로서 농구를 이해하고자 하는 나의 오랜 노력이 결승점을 가까이 두고 있다는 예감이 들었다. 이러한 예감의 한가운데서, '전주원의 농구'라는 새 숙제를 받아들었음도 고백하지 않을 수 없다. 내가 전주원 감독을 처음 보았을 때 그는 고등학생이었다. 힘과 기술을 겸비하고 창의력 넘치는 전주원 선수의 재능은 실업농구 현대산업개발에 입단한 뒤 꽃을 피웠다. 국가대표 가드 출신인 이문규(!) 선생이 그의 스승이다.

참된 뛰어남은 쉽게 눈에 띄지 않는다. "중요한 것은 눈에 보이지 않는다."(생텍쥐페리, 『어린왕자』) 전주원 감독이 도쿄에서 펼쳐 보인 농구는 특별해 보이지 않을 수 있다. 세르비아와의 경기를 마무리하는 장면에서 한 텔레비전 해설자는 파울 작전을 제때 지시하지 않았다고 힐난하기도 했다. 하지만 그 대목에서 전 감독은 머릿속에서 이미 셈을 끝냈을 것이다. 내가 눈여겨보는 측면은 조금 다르다. 이번 대표팀의 특별한 면은 선수들의 움직임에서 느껴지는 확신과 의지였다. 전 감독은 박지현, 윤예빈 등 변수가 될 수 있는 선수들의 기능을 극대화했다. 국내리그 경기에서 클러치 상황일 때 슛이 정확한 편이 아니었던 윤예빈은 두 번이나 우리에게 승리를 가져올 수도 있었을 중요한 득점을 해냈다. 박지현은 재능과 잠재력을 모두 발휘해서 도쿄에서의 마지막 밤을 하얗게 불살랐다. 그 결과가 스코어로 형상화됐다.

농구는 규칙과 규정의 스포츠가 아니다. 신장과 체중의 스포츠일 수만도 없다. 농구에는 인간의 신체적 능력을 초월하여 작용하는 특별한 영역이 숨어 있다. 이 영역을 무엇으로 설명할지 아직 모르겠다. 나는 항상 농구를 일컬어 '하늘을 날고 싶은 사람들의 꿈이 만들어낸 스포츠'라고 해왔다.

전주원 감독은 자신만의 방법으로 우리 대표선수들을 이 불가지의 영역으로 인도하였다. 이 사실 만으로도 찬사를 받아 마땅하다. 사족을 붙인다면, 또한 다시 랑그와 파롤을 끌어다가 설명한다면, 전주원 감독의 농구는 새로운 화법으로 말하는 개인의 출현을 알리는 것 같다. 남다른 말투라고 하면 이해가 빠를 것이다. 우리 선수들은 자신이 어떤 선수인지, 어떤 능력을 가진 선수인지 분명하게 보여주는 농구를 했다. 잠재한 재능과 승리에의 열망을 폭발시키는 경기를 한 결과가 스코어에 반영됐다. 이러한 농구를 가능하게 한 것은 두말할 것도 없이 전주원 감독의 지도력이다. 훈련할 시간도 짧았고, 스승이기도 한 전임 감독이 불명예 퇴진한 대표팀을 맡아 그가 할 수 있는 일은 많지 않았다. 마술사가 아니라 정통 농구인으로서, 우리 농구사에 한 획을 그은 포인트 가드 출신의 감독이 할 수 있는 일은 선수들의 잠재력을 모두 뽑아내는 일이었다. 전 감독은 그 일을 놀랄 만큼 능숙하게 해냈다.

또한 짚고 싶은 것은 우리 선수들의 플레이에서 보이는 자기 확신 내지 자신감이었다. 나는 그 근원을 외국인 선수 없이 국내선수로만 한 시즌을 치른 우리 리그의 힘이라고 보앗다. 외국인 선수가 들어와 중심선수로 활약하는 WKBL의 리그는 우리 여자농구의 오랜 전통과 단절된 모습을 자주 보여준다. 외국인 선수의 능력은 각 팀의 우열뿐 아니라 운명까지 결정한다. 감독들은 그들을 중심으로 전략을 수립하고 경기를 운영하며 선수 자원을 배치한다. 국내 선수들 가운데 골밑을 맡는 선수들은 도태할 수밖에 없다. 박지수처럼 특별한 신체조건을 타고났다면 모를까. 골밑은 물론 외곽에서도 득점하고, 때로는 가드 이상으로 뛰어난 드리블을 하는 외국인 선수의 존재감이 두드러지면 두드러질수록 국내 선수들이 활약할 공간과 시간은 삭감되었다. 국제무대에서 우리 대표팀이 보인 부진은 국내리그의 현실과 떼어 생각하기 어렵다. 국제무대에서 정상을 목표로 삼던 시절의 우리 여자농구는 특별했다. 세계의 많은 농구전문가들이 한국만의 경기방식을 주목했다. 나는 1984년 LA올림픽에서 은메달을 딸 때의 선수들이 없어서가 아니라 우리만의 경기방식, 파롤의 부재가 국제대회에서의 성적은 물론이고 국내농구의 황폐화(예를 들면 직업으로서 농구를 선택하려는 미래자원의 격감, 주요 선수들의 고령화와 젊은 선수들의 성장 지체)를 야기했다고 보는 편이다.

나는 도쿄올림픽에서 우리 여자농구의 향기가 어렴풋이나마 되살아남을 느꼈다. 빠르고 과감하며 도전적인 농구, 자신의 모든 것을 던지는 혼(魂)의 농구. 아련한 기억으로 사라져가는 듯하던 한국 여자농구 내면의 불꽃이 불현듯 우리 앞에서 번득인 것이다. 그 불꽃을 선명히 되살린다면, 우리는 다시 싸워볼 수 있다. 지금 우리 대표팀의 구성은 잠재력 면에서 박찬숙-김화순-성정아-최경희의 시대(1984년 LA올림픽)나 정은순-유영주-전주원-정선민의 시대(2000년 시드니올림픽)보다 못하지 않다. 국가대표팀은 여전히 그 나라 농구의 역량을 보여주며 수치가 아니라 정신과 영혼의 영역에서 가능성의 크기를 정한다. 전주원 감독과 우리 대표팀이 도쿄에서 얻은 전리품은 '졌잘싸(졌지만 잘 싸웠다)'가 아니라 미래다. 우리가 우리를 어떻게 평가하며, 그 가능성에 얼마만큼 값을 매기느냐에 따라 미래는 달라질 수 있다. 가능성을 현실의 영역으로 끌어 옮기는 일이 여자농구 전체의 과제이자 책임으로 남았다.

바스켓볼 다이어리

독백

올림픽이 끝난 밤에

　일본과 미국이 도쿄올림픽 여자농구 결승전을 했다.[*] 텔레비전으로 지켜본 일본여자농구는 대단했다. 용감하게 도전하고 있었다. 전반에는 몇 번씩이나 꿈같은 상상을 했다. '미국이 강하지만 일본이 꼭 지라는 법은 없잖아?' 더 부럽고 중요한 것. 일본농구는 경기를 거듭할 때마다 꿈의 지평선을 더 먼 곳까지 확장하고 있었다. 도쿄올림픽을 보면서 또 다른 세대가 새로운 꿈을 꿀 것이다. '마치다 루이 키드'

---

[*] 2021년 8월 8일 사이타마 슈퍼아레나에서 열린 도쿄올림픽 여자농구 결승전에서 미국이 일본을 90-75로 이겨 우승했다.

가 나오지 말란 법이 없다. 우리는 이런 선수를 금방 만들어 내기 어렵다.

올림픽이 끝났다. 또 금·은·동 몇 개, 종합순위, 벅찬 감동, 아쉬움 얘기 해야지. 안산, 김연경…. 언론과 평론가들은 메달 많이 딴 나라들의 저변과 시스템을 우리나라와 비교하면서 근본적 문제를 짚어주실 것이다. 박사님들은 스포츠 제도와 학교 체육을 준엄히 꾸짖고. 그리고 해묵은 엘리트 체육 논쟁. 이야기는 다시 3년 뒤 파리올림픽에 대비하는 쪽으로.

우리 농구가 파리에 갈 수 있을지 장담하기 어렵다. 남자대표팀은 가능성이 아주 작고, 여자대표팀은 혹시? 상투적인 이야기지만 지금부터 방향을 잡고 준비하지 않으면 실낱같은 기대와 희망도 쉽게 사라질 것이다. 올림픽에서 '기대 이상의 경기를 했다.', '1승을 할 수도 있었다.'는 평가는 1승을 했다.'는 결과와 전혀 다른 이야기다. 좋은 경기를 한 점을 칭찬하는 분위기는 바람직하다. 그렇다고 해서 약점을, 문제를 외면할 수는 없다.

전문가들이 짚어내는 문제들은 정말 문제다. 일본의 여자농구 은메달을 보면서 만감이 교차한다. 인구 1억2천만이 넘는 일본의 스포츠 저변은 넓다. 농구팀과 농구선수의 수는 우리와 비교할 수준이 아니다. 일본의 인적 자원과 경쟁력은 물론 우리보다 우수할 것이다. 그런데, 문제들이 정말 문제인지는 정말 모르겠다. 일본여자농구 실업팀마다 한국인 지도자를 감독이나 고문으로 위촉하기 위해 경쟁하던 시절이 있었다. 내가 농구취재를 막 시작할 무렵 일본은 '축구와 여자농구는 한국을 절대 못 이긴다.'고 했다. 그때도 일본의 농구팀과 축구팀은 우리보다 많았다. 그러나 길게 보면 저변이 두께와 질을 보장하고 승리할 확률을 높인다.

우리 프로농구가 출범하기 전의 일이다. 아마추어 시절. 국내 정상급 남자실업 팀이 해외 전지훈련을 나갔다. 미국의 대학 체육관을 빌려 훈련하다 다른 코트에서 농구하던 팀과 경기를 했다. 상대팀 선수들의 기술이 대단했다. '덩크슛', '트위스트슛'…. 계속 져나가다가 천만다행으로 막판에 역전승했다. 천만다행인 이유는 우리 팀이 상대한 선수들은 농구부원이 아니고, 그러니까 선수도 아니었기 때문이다. 조금 과장하면 점심 먹고 나와 농구하면서 놀던 일반 대학생들이었다. 나는 '이게 미국농구구나.' 하고 생각했다.

거칠게 생각을 가다듬어본다. 내 소견으로는, 교육 부문에서 엘리트 체육의 포기는 있을 수 없다. 어떤 분야에서든

영재들을 올바르게 교육하기 위한 사회적 장치는 반드시 필요하다. 피아노나 바이올린의 천재가 있듯이 농구와 축구의 천재도 있다. 다만 영재 교육이 사람답게 성장하는 데 필요한 교육을 포기하는 형태로 이루어져서는 안 되겠다. 체육영재를 일류 교양인으로 키워내야 한다. 선수들이 공부를 해야 한다는 주장은 100% 옳다. 내가 기자로 일할 때 부모의 함자를 한자로 쓰지 못하는 대표선수가 태반이었다. 물론 한자를 모를 수도 있다. 문제는 선수들이 교과과정은 고사하고 쓰고 읽고 말하는 공부도 부족했다는 것이다.

스포츠와 체육의 사회적 지위가 너무 낮다. '자업자득'은 받아들이기 어렵다. 스포츠와 체육을 '염려'하는 분들은 대부분 높은 자리에서 내려다보면서 말하고 있다. '간단한 이치를 못 알아먹는 몰지각한 집단'이라고 개탄하면서. 체육전공자들도 마찬가지다. '쟤들 공부 안 하고 운동만 해서 그래.' 말을 뒤집으면 내심으로는 이렇게 생각하고 있을지도 모른다. '쟤들은 그냥 운동만 하라고 해.' 그들은 현재 상태가 지속돼도 크게 피해볼 일이 없다. 오히려 '철밥통'이 단단해진다.

서울대 야구부는 훌륭하다. 거기 프로야구에 진출하지 못해 대안으로 진학한 학생이 몇이나 되나. 서울대는 근본적으로 공부영재의 교육기관이다. 공부영재 중에서 엘리트체육인이 나오는 사례가 몇이나 되나. 엘리트체육인이 은퇴 후 뛰어난 학자로 변신하는 사례는 숱하게 본다. 체육영재들은 저지능집단이 아니라는 얘기다. (불행히도) 체육에 재능이 뛰어날 뿐이다. 그 재능 때문에 고등학교를 졸업하면 대학이 아니라 프로에 간다. 많지 않은 연봉을 받으며 3, 4년 노력하다 자리를 못 잡으면 퇴출이다. 모든 것을 다시 시작해야 한다.

체육 병역 특례를 비판하는 분들 가운데 상당수는 (아마 대부분) 예술부문에도 특례제도가 있다는 사실을 모를 것이다. 그 제도가 어떻게 운영되는지도 모를 것이고. 올림픽 메달 아니면 아시안게임 우승에 모든 게 걸려 있는 데 비해 예술부문의 제도는 유연하고 다채롭다. 혜택을 받을 수 있는 제도가 다양하다는 말이다. 내 생각에 우리나라에서 예술의 지위는 체육보다 높다. 엘리트 예술가들은 엄청난 영재교육의 산물들이다. 정경화의 스승 이반 갈라미언은 제자의 결혼을 반대했다. 일류 예술가로서 보통사람의 삶은 포기하고 바이올린만 연주하라는 가혹한 요구다.

나는 체육 병역 특례나 경기력향상연금 같은 제도를 손봐야 한다고 생각한다. 스포츠와 체육의 목적과 가치를 훼손하고 과정을 왜곡하며 천박한 결과주의에 집착하게 만드니까. 그러나 제도 자체에는 악마성이 없다. 우리의 교육과 사회적 합의(협잡 또는 야합), 가치관, 양심 같은 것들이 제도를 악마의 도구로 삼고 있는 게 문제. "체육특기생들이 운동을 그만두는 순간 버려진다."고 걱정하는 분들이 많다. 에어컨 빵빵한 사무실에서 불볕이 이글거리는 운동장을 내다보며 하는 걱정. 이분들이 상황을 바꾸기 위해 어떤 노력을 하고 있는지는 모르겠다.

도쿄올림픽은 개최여부가 불투명했고, 우리에겐 불편한 대회였다. '그래도 열리니까 국민들이 관심을 갖고 메달을 따니 열광하잖아. 식빵언니 봐.' 그렇게 말할 수 있다. 이 말 속 깊은 데서 나는 '포주의 논리' 비슷한 심리를 본다. '오랫동안 땀흘려온 선수들을 봐서라도…' 같은 말씀도 이 테두리를 못 벗어난다. 조심스럽지만, "그래도 올림픽에 나갔으니까 좋은 경기를 하고 여자농구 이미지도 좋아졌잖아."라는 주장도 같은 맥락이다. 상당수는 여자농구의 선전에 감동하고, 그 다음엔 잊어버릴 것이다. 달라진 것은 아무 것도 없는데.

올림픽이 끝났다. 이제 일상으로 돌아갈 수밖에 없다. 그렇게 제자리로 돌아가 해야 할 일을 열심히 하는 수밖에. 교육자들은 열심히 제자를 가르치고, 코치들은 선수들을 열심히 훈련시키고. 프로팀과 선수들은 우승하기 위해 사력을 다하고. 각자 해야 할 도리를 하는 거다. 다만, 정상적으로, 이치에 맞게, 학교답게 체육답게 스포츠답게 했으면 좋겠다. '아이비리그 출신의 금메달리스트'가 부러우면 지금부터라도 공부를 시켜라. 운동은 오전수업이 끝난 다음이 아니라 방과 후에 시작해야 한다. 아이들을 합숙소에 가두지 말고, 때리지도 욕하지도 말고, 집 밥을 먹여서 키워라.

학교는 학교답게 운동은 운동답게. 그러면 우리도 변호사나 의사, 반도체 전문가나 우주공학자로 일하는 금메달리스트를 볼 수 있다. 운동을 하다 그만둬도 인생에서 낙오되지 않을 것이다. 세계챔피언이 쓴 과학논문을 볼 수도 있다. 그런 학교, 그런 운동장을 만들기 위해 노력했으면 좋겠다. 그 일을 시작해야 하겠다. 그것을 불가능하게 하는 모든 장애와 싸울 준비를. 그동안 우리 체육과 스포츠를 염려해온 훌륭한 분들의 지혜뿐 아니라 행동을 모으면 좋겠다. 그 염원의 전선(戰線)에 나 또한 참전할 각오가 돼 있다.

잡설(雜說) 1

유재학과 전창진

지금 우리 프로농구는 유재학 감독과 전창진 감독의 시대다. 그들의 농구는 여전히 유효하고, 앞으로도 몇 차례 더 우승할 가능성이 있다. 유 감독은 장구한 시간동안 한결같은 지도력을 발휘하며 매 시즌 뛰어난 결과물을 보여준다. 명장(名將)의 타이틀이 아깝지 않다. 전 감독은 (프로농구의 여러 명장 가운데 한 사람인 안준호 감독의 말을 인용하자면) '선수의 마음을 잘 이해하고 농구에 전력을 다하게 만드는' 마법의 소유자다. 승부조작과 관련한 파문에 휩쓸렸지만 그 흙탕물 속에서 살아남아 프로농구 무대로 복귀했다. 보통사람은 견뎌내기 어려운 고통을 딛고 재기해 이전과 다름없는 실력을 보여주는 점은 놀랍기 그지없다. 그러나 유재학과 전창진 두 사람의 시대가 지속되는 데는 한계가 있을 것이다. 종말은 의외로 가까이 와 있을지도 모른다. 농구의 '잔고'가 바닥난다면 유재학 감독 쪽이 먼저가 아닐까 짐작해본다. 그는 코치가 된 뒤 한 번도 실직을 경험해 본 일이 없고, 반복해서 성공을 맛보았다. 그 결과 지도자로서 도전할 목표가 많지 않다. 현실적으로 자기 자신이 유일한 목표가 되어 버렸다. 생각하기에 따라서는 끔찍한 삶의 조건이 아닐 수 없다. 이러한 상황은 인간에게 끝없는 소모를 강요한다. 시간이 가면 갈수록 더 많은 노력과 집중을 요구하게 된다. 그런데 충전과 업데이트를 할 시간이나 기회는 부족하고, 의지는 믿기 어려운 것이라 언제든 가파르게 우하향(右下向)할 수 있다. 그렇게 따지면 전창진 감독은 원하지 않았던 휴지기가 전화위복(轉禍爲福)일지 모른다. 에너지를 모으고 미래를 설계하는 기회를 주었으니까. 그의 능력과 야망의 크기를 감안하면 갈 길이 멀다고도 볼 수 있다. 물론 해는 떨어지고, 저들의 그림자는 시간이 갈수록 길어진다. 나는 고즈넉이 지켜보고 있다. 그들의 여름을, 그리고 다가오는 계절을.

최인선

전창진과 유재학의 시간 이전에 최인선과 신선우의 시간이 있었다. 김동광 감독과 안준호 감독이 일정한 업적을 이루었지만 압도적 이미지를 남기지는 못했다. 나는 최인선 감독을 우리 프로농구 초창기 역사를 장식한 대감독이라고 평가한다. 최 감독의 업적은 신선우 감독과 쌍벽을 이룬다. 실업농구(농구대잔치)와 프로농구 무대에서 모두 우승을 기록했다. 실업시절부터 뛰어난 선수를 거느린 기아에서뿐 아니라 신생팀의 티를 벗지 못한 프로농구 SK에서도 트로피를 따냈다는 점에서 역량을 인정해야 한다. 그럼에도 불구하고 최인선 감독은 실력과 업적 양면에서 충분한 평가를 받지 못한 면이 있다. 나는 취재 일선을 떠난 뒤 시간이 가고 거듭 생각할수록 최 감독이 얼마나 뛰어난 코치였는지를 실감하게 된다. 그는 매우 어려운 입장에서 지도자 생활을 이어갔지만 나름대로 방법을 찾아내 생존했을 뿐 아니라 최고 수준의 결과도 만들어냈다. 안타깝게도 젊은 날의 나는 성격이 강퍅해서, 최 감독을 까칠하게 대한 편이다. '좋은 멤버로 편하게 농구한다.'든가, '방열이 이룩한 업적을 가로챈다.'는 등의 무례한 평가를 서슴지 않았다. 특히 그가 SK 감독으로 일하던 2003년 3월 25일에 내가 『중앙일보』에 쓴 기사는 너무나 비신사적이었다.* (제목은 '최인선 남의 농구 엿보기'였다.) 졸렬한데다 인신공격에 가까운 이 기사를 낯이 뜨거워서 스스로도 다시 읽기 어려울 정도다. 그래도 최 감독은 화를 내거나 항의하지 않았다. 아예 이 기사를 읽어보지 못한 것처럼 행동했고, 한결같은 태도로 나를 대했다. 그는 놀라울 정도로 인내력이 강했을 뿐 아니라 너그러웠고, 본질적으로 선한 사람이었다. 나는 최인선 감독에게 사과할 기회를 엿보았지만 안타깝게도 그러지 못하고 취재 현장을 떠났다. 나에게는 그에 대한 사과가 청산해야 할 과제, 풀어야 할 숙제로 남아 있다.

---

* 최인선 감독은 기아에서 방열 감독을 돕는 코치로 일했다. 방 감독이 중앙대 출신의 선수들과 갈등하다가 모기업의 결정으로 일선에서 퇴진하자 최 코치가 승진해 지휘봉을 잡았다. 당시 농구계에는 '중앙대를 나온 최인선이 후배들을 꼬드겨 방 감독의 등에 칼을 꽂았다.'든가 '후배들의 반란을 수수방관함으로써 이득을 보았다.'는 루머가 나돌았다. 그러나 루머는 대부분 사실과 다르고, 불편한 상황 속에 사령탑을 넘겨받은 최 감독의 입장도 편하지는 않았다. 팀을 수습하고, 누구나 '최고의 승부사'로 꼽는 방열 감독의 업적을 능가해야 하는 과제가 그를 고통스럽게 했을 것이다.

강동희

농구감독 강동희가 일찍 야인이 되어 버린 점은 무척 안타깝다. 그가 치러야 할 대가가 있겠으나 뛰어난 재능을 다 펼쳐보지 못했음이 아쉬운 것이다. 그가 평지풍파에 휩쓸리지 않았다면 유재학-전창진 체제를 크게 흔들었을 것이다. 일류 가드 출신답게 코트 전체를 조망하는 시야, 상황을 이해하는 통찰력, 선수의 마음을 읽고 동기부여하는 능력을 겸비한 지도자였다. 그의 잘못을 둘러싸고 논쟁의 여지가 적지 않다고 본다. 나는 그의 재능과 진심 양쪽을 모두, 대단히 믿는 편이다. 언론이 보도한 내용을, 심지어는 법이 내린 심판을 모두 믿기 싫다. 물론 강동희가 '결백하다.'거나 '누명을 썼다.'고 주장하고 싶지는 않다. 그러나 적어도 '승부조작을 했다.'는 혐의는 다시 살펴보아야 한다고 생각한다. 그를 평가할 때 승부조작을 상수로, 기정사실로 간주하고 시작하면 답은 정해져 있으니까. 내가 보기에 그가 부정한 (또는 받을 이유가 딱히 없는) 돈을 받았다는 사실과, 그 대가로 경기의 결과를 바꿨다는 의심은 연결 지어 생각하지 않을 수도 있었다. 아주 최근까지도 (사실은 현재도) 리그의 순위가 정해지고 플레이오프에서 경기할 상대가 가려지면 주전선수들의 소모를 줄이고 벤치를 지키고 있던 선수들에게 기회를 주는 것이 상식이었다. 여자프로농구의 삼성생명도 2020-21시즌의 정규리그 순위가 정해지자 승패를 떠나 다양한 선수기용과 작전을 시험하면서 플레이오프에 대비했다. 그 결과는 우리 모두가 아는 대로 챔피언결정전 우승이다. 리그 4위 팀이 1, 2위팀을 모두 이기고 트로피를 낚아챈 것이다. 삼성생명이 승부조작을 했는가? (몸이 아픈 선수들까지 모두 털어 넣어 사력을 다했다면, 전력을 다했다면) 이길 수도 있었던 경기를 일부러 내주었는가? 승부조작을 해도 대가를 받지 않았다면 문제가 없는가?* 여기서 구구절절 시비를 가릴 뜻은 없다. 아무튼 다투어볼 수도 있었을 것 같은데, 강동희는 모든 혐의를 짊어지고 물러나는 쪽을 택했다. 그는 그럴 수 있는 사나이다. 양보와 희생에 익숙하다. 농구입문도, 진학도, 취직도, 연애도, 친구를 사귈 때도 그런 식으로 했다. 그가 이기적인 인간이었다면 학력도 커리어도 인생도 달라졌을 것이다. 강동희가 이대로 사라져간다면 참으로 슬픈 일이다. 프로농구 팀의 감독을 다시 맡기 어렵다는 데에는 나도 이견이 없다. 그러나

---

* 오해가 없기를. 삼성생명은 승부조작을 하지 않았다.

어떠한 방식으로라도 우리 농구를 위해 노력할 기회를 주었으면 좋겠다.

1993년 2월에, 나는 독일의 프랑크푸르트에서 강동희와 시간을 함께 보낸 적이 있다. 뢰머 광장에 딸린 맥주 집에서 소시지를 안주 삼아 생맥주도 마셨다. 강동희와 맥주를 마시기 하루 전에, 나는 헝가리 부다페스트에 있는 힐튼 호텔 오락실(거, 왜 있잖은가. 『007 카지노 로얄』에서 제임스 본드가 카드를 하던 그런 곳)에서 잠시 머물렀다. 블랙잭은 그냥 그랬고, 룰렛은 꽤 재미있었다. 내가 노름꾼처럼 밤새 달라붙었다면 칩을 꽤 많이 모았으리라고 장담할 수 있다. 일을 해야 할 시간이 되어 오락실을 나오면서 칩을 바꾸어 보니 크게 잃지는 않았다. 그 돈으로 강동희에게 맥주를 사준 것이다. 스포츠 기자로 일하면서 누린 즐거움 가운데 하나는 이렇게 뛰어난 스타들과 함께 보내는 시간이다. 당시에는 몰랐다. 나는 기자나 아나운서가 스타 선수와 사진을 함께 찍거나 사인을 받으려고 노력하면 '체신없는 짓'이라고 속으로 생각했다. 이제 와 생각하니 마음만 먹으면 언제든지 스타들을 만나고 대화할 수 있다는 것이 얼마나 큰 특권이었는지 알 수 있다. 나는 강동희를 좋아했다. 기아 팀을 취재할 때는 자주 강동희를 불러서 이것저것 물었다. 그가 총각일 때 가끔 신문사로 나를 찾아왔다. 그런 날엔 시청 뒤에 있는 오래된 식당에서 밥을 함께 먹었다. 그는 변변찮은 음식도 고마워하면서 먹었다. 착한 사람이었다. 선수생활을 하면서 큰 말썽을 피워본 일도 없다. 나이가 들면서 선수로서 기량도, 인품도 무르익어갔다. 자연인으로서 그의 삶이 순탄하지만은 않았으나 현명하게 헤치고 이겨냈다. 농구인으로서 그의 남은 삶이 어떨지는 모르겠다. 잘됐으면 좋겠다.

잡설(雜說) 2

Herbert-Grünewald-Halle

나의 학문적인 정체성은 역사학자로서 스포츠와 체육(특히 정책)을 연구하는 데 있다. 지금까지 체육과 스포츠의 역사를 연구했고, 당연히 논문도 같은 분야의 학회에만 냈다. 그러나 한눈을 파는 습성 때문에 관심 분야는 꽤 넓다. 몇 해 전 딸과 "대학교에서 문학을 공부하지 않았다면 무엇을 했을까?"라는 주제로 대화한 적이 있다. 나는 '비교언어학'이라고 대답했다. 만약 지금 누군가 내게 "대학원에서 체육정책을 연구하지 않았다면 무엇을 전공했겠는가?"라고 묻는다면 '장애인체육'이라고 대답했을 것이다.

나는 '장애인을 동정해서 도와야 한다.'라든가 '모든 사람이 장애인이 될 수도 있다.'는 식으로 주장하고 싶지는 않다. 코가 커서 '호색한'이라는 놀림을 당하는 남성도 있고, 키가 보통 이상으로 커서 불편하다는 여성도 있다. 나는 장애란 특징이라고 보고 싶다. 장애를 그 사람이 가진 개성이라고 생각하고 싶다. 그러므로 안됐다고 생각하기에 앞서 평범한 사람들이 다소 불편을 나누어 갖는 노력이 필요하다고 믿는다. 그것도 '내가 당신들을 위해서 이만큼이나 불편하지만 참고 노력한다.'는 식의 생색은 빼고.

내가 대학생일 때, 고등학교 후배가 함께 입학했다. 나는 공부에 뜻이 없어 엉뚱한 곳을 돌아다니다 뒤늦게 입학했고, 후배는 문과대 수석으로 입학한 수재였다. 그는 교사가 되겠다는 꿈을 안고 진학했으나 몸이 불편한 사람을 차별하는 법령 때문에 아픔을 겪었다. 내가 보기에 후배는 교사로서의 자질이 충분하고도 남았다. 그는 따뜻한 사람이었고 정의감에 넘쳤으며, 배우는 데도 가르치는 데도 능했다. 운동신경도 발달해서 웬만한 운동은 다 어울려서 해냈다. 어느 날 대운동장에서 야구(타격만)를 했는데, 무척 큰 타구를 연속으로 날려서 놀란 적이 있다.

내가 독일에 가서 공부할 때 가장 관심이 큰 분야는 물론 스포츠-인문학이었다. 또한 농구를 사랑해서, 매일 바이엘의 농구단에 나가 일했다. 그러나 그런 활동 못지않게 관심을 둔 분야가 장애인 체육(Behindertensports)이다. 독일 체육의 거의 모든 분야에서 장애인을 위한 준비는 철저하고, 우선적으로 편의가 제공된다. 우리의 공공건물에는 아직도 적절한 장애인용 진입시설을 갖추지 못한 곳이 많다. 그러나 바이엘의 체육관이나 운동장 중에는 아예 그런 시설이 필요 없도록 설계된 곳이 적잖다. 대개의 경우 휠체어를 타고 길에서 체육관 안으로 그냥 들어가면 된다.

독일 프로축구 바이엘 레버쿠젠의 홈구장은 바이아레나(Bayarena)다. 이곳에 있는 클럽하우스 입구에는 유럽축구연맹(UEFA) 컵을 치켜든 차범근 선생의 사진을 담은 큰 액자가 걸려 있다. 이 사진이 아니라면 수용 인원이 3만 명을 겨우 넘는 이 경기장에서 강한 인상을 받기는 어렵다. 그러나 크기만 보고 '별 볼일 없다'고 생각하면 곤란하다. 바이아레나에는 특별한 자리가 있다. 장애인석이다. 장애인들은 큰길에서 바로 입장해 안전시설이 있는 특별석에서 경기를 관전한다. 귀빈용 스카이박스 바로 앞이 이들의 자리다. 여기엔 시각장애인을 위한 관전시설도 있다.

매우 날씨가 흐린 가을날, 나는 바이엘의 종합 스포츠 센터 농구장에서 청소년들의 농구 훈련을 지켜보았다. 오후 네 시에 시작된 훈련은 한 시간 반이 지나자 끝났다. 훈련을 마치고 나오니 하반신 장애 선수들이 공을 튀기며 기다리고 있었다. 내가 맡은 다음 훈련은 두 시간 뒤에 시작되었다. 가장 운동하기 좋은 시간, 직장이나 학교를 마친 다음 여유 있게 와서 충분히 운동할 수 있도록 시설과 시간을 배정한 것이다. 나는 내 시간을 기다리며 울창한 숲길 사이로 난 조깅 트랙을 달렸다. 그때 내 후배를 생각했다. '녀석이 여기 왔으면 참 좋았겠다.'라고.

도쿄패럴림픽에 참가하는 우리 대표선수단 본진 45명이 오늘* 출국했다. 대한민국은 오는 24일부터 다음달 5일까지 열리는 이번 패럴림픽에 총 159명(선수 86명, 임원 73명)을 파견한다. 본진에 이어 30일까지 14개 종목의 국가대표들이 차례로 도쿄를 향해 출발한다. 대표선수단의 목표는 '금메달 4개를 포함한 메달 34개, 종합 20위권 진입'이다. 출정식에서는 "도쿄올림픽의 열기를 이어 받아 패럴림픽에서도 우리

---

* 2021년 8월 18일.

선수단이 국위선양할 수 있도록 응원하겠다."는 격려사도 나왔다. '국위선양'은 아직도 힘센 구호다. 내가 보기엔 장애를 이겨내고 패럴림픽에 참가하는 것만도 찬사를 받아 마땅한 일이다.

대표선수단에는 2000년 시드니패럴림픽 이후 21년 만에 출전권을 따낸 남자 휠체어 농구 대표팀도 있다. 우리 장애인농구는 1997년 4월에 '휠체어농구연맹'을 창설하면서 본격 활동을 시작했다. 발기인 명단에 최희암 연세대 감독이 보인다. 『중앙일보』 체육부 기자로 일하던 나는 초대와 2대 이사로 일했다. 그해 8월 한·일국제휠체어농구대회에서 우승했을 때는 숨이 멎을 것처럼 기뻤다. 이번 대표팀 선수들은 본선 진출을 이끈 뒤 지난해 세상을 떠난 고 한사현 감독의 영전에 메달을 바치겠다는 각오로 똘똘 뭉쳤다고 한다. 이번 패럴림픽에서 꼭 뜻을 이루기를 빈다.

방열

후배 기자가 보내준 사진. 2010년 챔피언결정전 5차전이 열린 날이라고 했다. 그렇다면 2010년 4월 9일 금요일이

고 장소는 잠실체육관이다. 모비스와 KCC가 6차전까지 가는 승부를 했다. 대한민국농구협회 방열 회장님과 내가 말씀을 나누고 있다. 방 회장님은 저 때 아마 모비스의 고문을 맡고 계셨을 것이다. 나는 2006년 『중앙SUNDAY』의 에디터를 맡으면서 현장을 떠났기 때문에, 저 날 취재를 하러 가지는 않았다. 나는 방 회장님을 언제나 스승으로 마음속에 모시고 있다. 내가 아는 농구는 모두 배우고 익힌 것인데, 그 중심에 명백하게 방 회장님이 계신다.

체육기자가 되어 처음 만났을 때 방 회장님은 실업농구 기아의 감독이셨다. 얼마 지나지 않아 총감독으로 옮기셨다가 경원대학교(현재 가천대학교) 교수가 되셨다. 이때 연구실에 자주 찾아가 뵈었다. 동료나 제자들에게 책이나 비디오를 절대 빌려주지 않는 분이시라고 들었는데 나에게만은 예외였다. 나는 경쟁자도 아니고 농구인도 아니니까 너그럽게 대하신 듯하다. 대부분 두꺼운 영문 원서였다. 어떤 책은 몇 달씩이나 주무르다가 돌려드려도 말씀 한 번 없으셨다. 방 회장님의 소개와 주선으로 전미농구코치협회 또는 국제농구연맹의 소식지나 테크니컬 리포트를 구해 보며 농구 공부를 했다.

회사(중앙일보)의 도움을 받아 쾰른으로 공부하러 갔을

때, 분데스리가 소속 클럽인 바이엘 자이언츠에서 일할 기회를 얻어 매일 오후를 빌헬름 도파트카 할레(지금은 오스터만 아레나) 아니면 헤르베르트 그뤼네발트 할레에서 보내며 선수들의 훈련을 도왔다. 위르겐 말벡, 데이먼 그린, 데니스 부허러, 고든 가이브 같은 독일 대표선수들이 함께 땀을 흘렸다. 독일대표팀의 코치를 역임한 아힘 쿠츠만 감독을 어시스턴트로서 도왔다. 이때 방 회장님이 추천서를 써주셔서 모든 행정이 수월했다. 올림픽 솔리대리티 프로그램에서 여러 번 주도적인 역할을 하셨고, 멀리는 서울올림픽 때 대표 팀 감독을 맡은 이분을 독일 농구인들이 매우 존중했다. 사진을 보니 방 회장님은 모습에 변함이 없으신데 나만 나이를 먹은 것 같다. 나의 머리모양은 30년 기자생활을 하는 동안 거의 바뀌지 않았다.

손대범

나는 2008년 가을부터 대학에서 강의를 했다. 나른한 오후, 학생들의 눈빛이 흐려질 때쯤 뭔가 재미있는 사례를 들어 주면 효과가 있었다. '머슬 메모리' 같은 이론을 설명하면서 학생들에게 '왼손은?' 하고 물으면 '거들 뿐'이라는 합창이 돌아오곤 했다. 서로 즐거운 시간이었다. 그런데 언제부터인가 이 '슬램덩크' 요법이 듣지 않기 시작했다. '거들 뿐'의 점유율은 50%, 30%, 10%를 거쳐 '극소수'로 곤두박질쳤다. 이 극소수는 그야말로 마니아일 것이다. 이제 우리는 일본만화 『슬램덩크』를 아는 세대와 그렇지 않은 세대로 나누어도 이상하지 않게 되었다.

내가 신뢰하는 기자, 농구전문잡지 『점프볼』의 손대범 기자가 오늘* 학교에 찾아와 점심을 함께 먹었다. 그가 책을 한 권 주고 갔는데 제목이 '농구 좋아하세요?'다. 알다시피 만화 『슬램덩크』의 주인공인 강백호가 사랑하는, 그리고 채치수 주장의 동생인 소연이의 대사다. 소연의 물음에 이제 막 농구와 만난 강백호는 홀린 듯 대답한다. 좋아한다고. 그러나 강백호가 진심으로 이 말을 할 때는 소연이가 묻지도 않았을 때다. "정말 좋아합니다. 이번엔 거짓이 아니라구요." 그러니까 처음 대답은 거짓말이었나?

『농구 좋아하세요?』는 『슬램덩크』의 스토리 라인을 따라

---

* 2020년 3월 5일.

걸으며 농구와 사랑에 빠져버린 젊은 기자의 고백을 들을 수 있는 기회를 준다. 손대범 편집장을 출판사는 '대한민국 국가대표 농구전문기자', '농구학자'라고 소개하고 있다. 저자와 잘 어울리는 소개 문장이다. 이토록 뛰어난 후배가 나를 잊지 않고 책을 챙겨 주니 감사할 따름이다. 손 편집장을 처음 보았을 때는 소년 같았는데 어느덧 불혹을 넘겼으며 두 아이의 아버지라고 하니 감개무량하다. 축하와 응원을 보낸다.

혹시 누군가 나에게 "농구 좋아하세요?"라고 묻는다면 대답하겠다.

"정말 좋아합니다."

Last Minute-2016년 3월 11일의 기록

시즌 내내 한 번도 현장에 나가 경기를 보지 않았다. 스포츠 기자가 된 뒤 처음 있는 일이다. 공부하느라 기자 일을 쉴 때도 가끔은 나가서 경기를 보았다. 그런데 요즘은 중계방송도 잘 보지 않는다. 전과 달리 최근 몇 년은 프로농구 경기가 재미없다. 내가 가장 마지막으로 재미있게 본 농구 경기는 지난해 7월에 열린 고등학교 연맹전 몇 경기였다. 내가 보기에 요즘 프로농구는 그 경기가 그 경기 같다. 똑같은 농구를 가지고 경쟁하면서 승부는 '선수빨'과 운이 결정한다는 생각이 든다.

오늘도 현장에는 가지 않고 중계방송을 조금 보았다. 후반 막판과 연장전을 보았는데, 이해할 수 없는 장면이 많다. 남은 경기 시간이 1분 이내에 진입했을 때의 공격, 상대가 최소한 자유투라도 얻어내기 위해 공격할 경우에 해야 하는 수비 같은 게 잘 보이지 않는다. 물론 나의 내공 부족이겠지. 경기의 외양은 꽤 그럴듯하다. 예컨대 작전타임을 신청한 감독이 코치들과 의견을 교환하는 장면은 맵시가 있다. 마치 선진농구를 하는 것 같다. 다만 나는 감독과 코치들이 그 시간을 어떤 콘텐트로 채우는지 알지 못한다.

조성원

나는 프로스포츠에서 이루어지는 승부가 지식경쟁이 아님을 알고 있다. 조성원 정도 되는 스타가 한때 몸담았던 팀의 사령탑에 앉는 일은 자연스럽다.* 조성원은 여자프로농구 팀과 남자대학 팀을 경험했다. 내가 보기에 여자농구와 남자농구는 전혀 다른 종목이라고 해도 좋을 만큼 근원적 차이가 있다. 성공한 대학 지도자도 프로에서 견뎌내기 어렵다는 사실을 강을준과 김상준을 통해 확인했다. 프로농구 세 시즌은 의외로 빨리 지나가고, 대학까지 마친 남자 선수들의 성장은 생각보다 더디다. 우리 구단들은 인내력이 강한 편이 아니다. 물론 조성원은 남다른 각오로 최선을 다할 것이다. 그 결과를 섣불리 예상하기 어렵다. 지켜보겠다.

---

* 조성원은 2020년 4월 27일 LG 세이커스의 감독이 됐다.

나카지마 감독

　나는 나카지마(中島) 감독을 1990년에 나고야에서 처음 만났다. 아시아청소년농구선수권대회가 열렸을 때다. 한국은 여자부 우승을 차지했다. 감독은 김재웅, 코치는 황신철이었고 주요 선수는 유영주, 전주원, 한현 등이었다. 정선민이 막내였을 것이다. 남자팀에는 이상민, 김승기, 문경은, 전희철, 우지원, 노기석 등이 있었다.

　어느 날, 나는 저녁 늦게 기사를 마감하고 숙소인 센트럴 팰리스 호텔로 가는 지하철에 올랐다. 맞은편에 나카지마 일행이 앉아 있었다. 미쓰비시여자농구단의 감독으로 일하던 나카지마는 한국인 고문 임계삼 선생을 모시고 있었다. 그의 친절한 미소가 마음에 들었다. 우리는 영어와 일본어, 한국어가 뒤범벅된 제3의 언어로 짧게 대화했다. 농구에 대한 사랑, 한국 농구에 대한 존중, 따뜻한 마음을 느껴서 좋았다. 대회 기간 동안 우리는 마주칠 때마다 인사하고 대화했다.

나카지마 감독을 두 번째 만난 곳은 스페인이다. 그때 함께 사진을 찍었다. 1992년 5월 28일부터 6월 8일까지 바르셀로나올림픽 여자농구 예선이 서부도시 비고에서 열렸다. 나카지마는 일본 대표 팀의 코치로서 나카가와 감독을 돕고 있었다. 일본은 이때 매우 훌륭한 경기를 했고, 순위도 우리보다 높았다. 일본은 4승3패, 우리는 3승4패. 그래도 한일전의 승자는 우리였다. 정주현-최경덕 코칭스태프에 조문주, 정은순, 최경희, 유영주, 전주원 등이 우리 팀의 주축이었다. 계속 뒤지다가 후반 막판에 경기를 뒤집었다.

유영주가 역전골을 넣었다. 이 장면을 생생히 기억한다. 속공 기회에서 유영주가 골밑 왼쪽에서 오른쪽으로 크게 스텝을 옮기며 훅슛을 넣었다. 그냥 왼쪽에서 넣어도 됐는데, 블로킹을 의식했을 것이다. 그러나 사실은 수비가 따라붙지 못한 상태였다. 이때 발목을 다쳤다. 선수 생명을 위협할 정도로 큰 부상이었다. 유영주는 초인적인 의지로 수술과 재활을 이겨내고 아시아 여자농구를 대표하는 포워드가 됐다. 그래도 이 부상은 은퇴할 때까지 그를 괴롭혔다.

일본팀의 성적이 좋았기 때문인지 나카지마의 표정도 늘 밝았다. 나는 그에게서 일본 여자농구에 대한 설명을 많이 들었다. 카토, 하기와라, 무라카미같이 뛰어난 선수들에 대해 깊이 알게 되었다. 그가 선수단과 함께 일본으로 돌아가던 날, 나는 마드리드를 거쳐 스톡홀름으로 가는 스칸디나비아 항공에 몸을 실었다. 40일에 걸쳐 3개국을 거치는 긴 출장이 나를 기다리고 있었다. 이 출장은 문학가나 체육기자의 삶 양면에 큰 영향을 주었다. 이때의 경험이 무수한 시와 산문, 신문기사 속에 녹아들었다.

나카지마는 한국에도 자주 왔다. 소속팀의 전지훈련이나 국제대회에 참가하는 일본 대표 팀의 일원으로서. 그는 내가 일본음식을 잘 먹고, 특히 우메보시를 좋아한다는 사실을 알았다. 그래서 올 때마다 유리병에 질 좋은 우메보시를 담아다 주었다. 나는 변변찮은 기념품으로 답례했을 뿐이다. 매번 고맙고도 미안했다. 그는 만날 때마다 한결같이 예의바르고 따뜻한 사람이었다. 그와 긴 시간을 함께 보내지 못해 늘 아쉬웠다. 나는 기자였고, 그는 회사나 일본농구협회를 대표하고 있었으므로 개인적인 시간을 내기는 쉽지 않았다.

언제부턴가 그의 걸음이 끊어져, 나는 일본인 친구들에게

물어 안부를 확인하곤 했다. 나는 한동안 일본 농구기자들과 가깝게 지냈다. 그들에게서 도움도 많이 받았다. 그들 덕에 일본 농구 리그의 사정을 우리의 농구대잔치 순위만큼이나 정확하게 알 수 있었다. 남녀고등학교부터 대학과 실업에 이르기까지. 친한 농구기자들이 하나 둘 현장을 떠나면서, 나카지마의 소식도 아득히 멀어져갔다. 지금 나는 그가 어디서 무엇을 하는지 모른다. 코로나의 지옥 속에서 안전한지 그렇지 않은지. 모쪼록 건강하게 잘 지내고 있기를 바란다. 그리고 언제가 될지 모르지만 한국에서 그를 다시 만나면 충무로 골목으로 데려가 삼겹살을 구워 먹이고 싶다. 일본에서 만난다면? 그건 나카지마가 알아서 하겠지.

[덤] 허재, 오래된 농담(籠談)
1994년 2월의 취재수첩*

한국 최고의 농구 스타 허재. 그에 대해 떠도는 소문은 너무 많다. 그러나 농구를 좋아하건 좋아하지 않건 허재에 대해 듣는 사람은 듣는 양이 많아질수록 궁금증이 늘고 허재라

---

* 나는 2021년 7월의 어느 날 경기도 김포시 고막리에 있는 시골집에서 현장기자 시절의 취재기록을 발견했다. 오래된 증권관련 서류를 찾던 중이었다. 기록은 새것과 다름없는 취재노트에 꼼꼼하게 적어나가, 어제나 그제 썼다고 해도 믿을 만큼 생생했다. 나는 이 기록의 일부를 어느 월간 시사지에 기고했다. 기고문도 그렇지만 인터뷰 전문은 전성기 허재의 다면적인 특징을 보여준다. 당시 농구계의 현황과 분위기, 허재를 둘러싼 배경을 고루 짐작하게 해주는 자료다. 이런 면에서 가치가 있으리라고 판단해 갈무리했다.

는 인간에 대해 갈증을 느낀다. 눈발이 흩날리던 2월 2일 오후 늦게 허재가 합숙훈련 중인 경기도 용인군 수지면의 기아농구단 훈련장을 찾았다. 양재동 전철역에서 '총알택시'를 탔는데 운전기사가 길을 잘못 들어 약속시간보다 30분쯤 늦었다. 허재는 기다려 주었다. 기아농구단의 숙소로 접어드는 풍덕천의 한 해장국집에서 저녁을 들면서 숙소에서 나올 허재를 기다렸다. 문을 열고 들어서는 허재의 얼굴에는 피로의 빛이 역력했다. 움푹 팬 두 볼에 회색빛이 감돌았다. 1993-94 농구대잔치가 한창일 무렵. 그는 다리에 부상이 있었지만 매 경기 쉬지 않고 출전해왔다. 내가 그를 찾아간 이유는 물론 인터뷰를 하기 위해서다. 그는 이런저런 문제로 미디어의 주목을 받았다. 문제는 대부분 사생활과 관련이 있다. 허재는 대담한 사나이지만 압박감도 느꼈을 것이다. 무언가 말해야 할 필요를 느꼈기에 인터뷰에 응했다고 생각한다. 그는 먼저 말문을 열었고, 나는 다소 두서없는 질문과 답변을 시간에 따라 순서대로 적어나갔다.

"반갑습니다. 정말 오랜만인데요."

• 다리 아픈 건 좀 어때요.

"피 뽑고 물리치료하고 그러면서 버티고 있어요. 저도 늙었나 봐요.* 어딜 다쳐도 맘먹은 대로 회복되질 않으니 말예요."

• 연탄을 1천 장이나 나르는 사람이 늙기는…."

"아, KBS 텔레비전에 나간 것 말씀하시는 거죠. 말도 마세요. 한 300장 나르고서는 못하겠다고 그랬어요. 팔이 떨어지는 것 같더라니까요. 신림동 달동네에서 했는데 여자 연출자가 봐주질 않는 거예요. 아, 저 담배 한 대만 피우겠습니다."

• (함께 온 사진기자가) 사진을 찍고 있는데 괜찮겠어요?

허재는 내가 따라준 소주 한 잔을 입에 털어 넣으며 말했다.

"괜찮아요. 텔레비전에까지 나갔는데요 뭐."

• 술은 먹어도 됩니까.

"안 되죠. 부상 중이라 회복이 늦어져요. 근육이 뭉쳤을 땐 특히 안 좋죠."

우리는 여기까지 대화를 마치고 자리를 옮겼다. 식당이 있는 건물에서 한 블록 떨어진 4층짜리 건물 2층에 조용한 레스토랑이 있었다. 조용하고 아늑해서 대화를 나누기에 부

---

* 이때 허재의 나이는 28세였다.

** 〈체험 삶의 현장〉이라는 텔레비전 프로그램에 출연한 일을 두고 하는 말이다.

족함이 없었다. 그래도 허재를 발견하고 사인을 청하거나 악수를 하겠다는 팬들 때문에 자주 인터뷰가 중단됐다.

• 이제부터 인터뷰를 시작하겠습니다. 숨김없이 털어놓을 결심이 돼 있지 않으면 지금이라도 늦지 않았으니 그만두어도 좋습니다.

허재는 그러마고 했다. 사실은 자신도 할 말이 많다면서.

• 지난해 대표 팀 탈락 얘기를 하지 않을 수 없군요. 당시 심경이 어땠나요.*

"한 마디로 마른하늘에 날벼락이었죠. 한 순간에 모든 것이 허물어진 느낌이었어요. 10여 년간 달아 온 태극마크가 농구도 아닌 사생활 문제로 떨어져나갔으니까요. 아무런 생각도 못 하고 며칠을 보낼 만큼 충격이 컸어요. 그건 아마, 제가 세상을 살아오면서 처음 경험해보는 아픔이었고 실패였어요. 타의에 의해서 제가 소망하는 것을 이루지 못한 건 처음이었죠. 그때까지는 어려움이란 모르고 운동해왔는데 내

---

* 대한농구협회는 1993년 8월 28일 강화위원회를 열어 11월에 열린 아시아선수권대회에 나갈 국가대표선수를 선발했다. 허재는 '훈련과 사생활이 불성실하다.'는 이유로 국가대표팀에 들지 못했다. 허재의 대표 탈락은 그가 처음 태극마크를 단 1985년 이후 처음 있는 일이었다. 논란이 있었지만 농구협회는 결정을 뒤집지 않았다.

가 살아온 패턴 자체가 달라질 정도였죠. 물론 그 경험이 그 뒤 성숙하는 계기가 됐고 많은 고뇌를 하게 만들기도 했어요. 그때 됐으면… 좋은 기회였는데….”

아시아선수권대회에서 중국을 이길 수 있는 기회였다는 뜻이리라.

• 그 후 달라진 점을 좀 자세히 말해 보세요. 구체적으로 뭐가 얼마나 달라진 겁니까.

“이 다리 뭉친 게… 이젠 저도 나이 때문인지 과욕을 부리면 몸에 무리가 와요. 대표 탈락 사실을 안 게 터키에서였는데요, 귀국하지마자 칼을 품고 훈련에 들어갔으니까요. 중앙대 다닐 때 빼고는 그렇게 혹독한 훈련을 스스로 해본 일이 없어요. 보통 경기 전에 보름 정도만 훈련하면 베스트 컨디션이 나왔으니까요. 꾀 한 번 안 부리고 열심히 훈련했죠. 힘이 들어도 ‘내가 이러면 안 되지… 이젠 더 욕먹지 말자, 기왕 할 바엔 잘하자, 아들까지 낳았는데 더 이상 매스컴에 씹힐 일 하지 말자, 아내 볼 면목도 있어야지.’ 이러면서 열심히 했어요. 아, 그런데 오버가 되니까 회복이 안 돼요. 근육이 노화된 거죠. 2~3년 전이면 하루 이틀만 쉬어도 곧 나았는데. 지금도 뭉친 근육이 안 풀렸어요.”

• 대표 팀을 선발할 때 정봉섭, 방열 씨가 (허재를 선발하는 데) 반대를 했다던데, 두 분 다 허재 선수를 가르친 스승들 아닙니까. 왜 그런 일이 벌어졌다고 생각합니까.

"나쁘게 생각하지 않으려고 노력해요. 방 선생님은… 저 때문에 농구인생을 마감했다는 피해의식이 있을 수 있죠. 그러나 정 선생님에 대해서는 지금도 소문(허재를 선발하는 데 반대했다는)을 믿을 수가 없어요. 믿고 싶지도 않고요. 저의 성격을 누구보다도 잘 아는 분이 정 선생님이세요. 사실이 아닐 거라고 생각해요. 잘못 전해졌거나 누군가 거짓말을 했겠죠."

• 그때 허 선수가 대표선수가 됐다면 아시아선수권대회에서 우승했을 거라는 얘기도 많았는데요.

"그런 생각은 안 해 봤어요. 그럴 여유도 없었고요. 아

---

* 기아농구단은 1990년 7월 16일 감독 방열 씨를 총감독, 코치 최인선 씨를 감독에 임명했다. 이 인사의 목적은 방열 씨를 일선에서 물러나게 하는 데 있었다. 당시 기아는 유재학, 정덕화 등 연세대 출신 선수들과 한기범, 김유택, 허재 등 중앙대 출신 선수들이 주축을 이뤄 경쟁하고 있었는데 연세대 출신인 방 씨가 모교 출신 후배들을 편든다는 뒷얘기가 나돌았다. 이때 허재가 중앙대 출신 선수들의 선두에 서서 방열 씨의 퇴진을 주도했다는 주장이 있다.

마… 중국을 이기기 위해 열심히 노력했겠죠. 우승을 할 수도, 못 할 수도 있었겠지만요."

• 처음 대표선수 됐을 때 기분이 어떻던가요.

"죽이죠. 자랑스럽고요. 최연소 국가대표로 뽑혔는데요…. 박인규 형이나 이문규 형하고 함께 생활하면서 놀고 싶어서 꾀부리다 맞기도 많이 맞았어요. 맞으면서 크더라고요."

• 국가대표팀에 문제가 많다는 얘기가 있는데 경험해보니 어떻던가요.

"국가대표, 하면 최고의 스타들만 모이는 데고 가끔 세대 교체할 때 어린 선수들이 끼어드는데 무슨 문제가 있어요. 알 만한 건 다 알고 들어오는데. 항간에선 연·고대 벽이 어떻고 기업 간에 알력이 어떻고 하는데 다 부질없는 소리예요. 연·고대, 연·고대 하는데 그 두 학교가 없었다면 한국 농구도 없었을지 몰라요. 무시 못 하죠. 하지만 대표 팀은 그런 거 다 초월해 있어요. 앞으로도 더 그럴 거고요. 그런데 개인적으로는 문제를 많이 느끼죠. 특히 결혼한 다음에요. 총각일 때야 어깨 힘주고 들어가서 신났죠. 그때 (이)충희 형, 인규 형, 문규 형 같은 선배들이 '결혼한 사람은 태릉 생활이 힘들다.' 그래요. 그때는 잘 몰랐는데 결혼하고 애아범이 되니까 이젠 알겠어요. 사생활 없죠. 비시즌 때 가족과 떨어져서 '징역' 사니까요."

여기서 기습적으로 아까 한 질문을 다시 했다. 즉 정봉섭, 방열 씨에 대한 허재의 생각을 확인하고 싶어서였다. 그러나 허재의 생각은 일관됐다. 특히 정봉섭 씨에 대해서는.

"정 선생님이 직접 저를 빼라고는 안 하셨을 거예요. 믿고 싶지 않습니다. 제가 그분 앞에서 제 귀로 직접 듣기 전에는 믿을 수 없어요. 지금도 그분이 자기 제자를 그렇게 버릴 리는 없다고 생각해요. 제가 중앙대 간 게 정 감독님 보고 간 건데요."

손을 뺐다.

• 농구는 언제, 어떻게 시작하게 됐나요.

"원래 제가 다니던 학교가 동부국민학교였어요. 앰배서더호텔' 건너편 자리죠. 4학년 특별활동 시간에 농구를 하게됐는데 당시 농구부 감독님이 다짜고짜 와서 하라는 거예요. 저도 운동은 뭐든지 좋아했으니까 군말 없이 가서 하게 됐는데 그게 계기가 됐어요. 전 원래 공부보다 농구, 축구 같은

---

* 서울 중구 장충동에 있는 그랜드 앰배서더 서울 호텔을 말한다.

운동 좋아했어요. 특히 농구는 하면 할수록 재미가 있더라고요. 드리블 치고 하는 게…. 제가 운도 좋았어요. 4학년 때 처음 나간 대회에서 준우승했는데 제가 큰 몫을 하면서 잘한다고 소문이 났어요. 그런데 그해에 농구부가 해체됐고 상명국민학교로 전학을 갔죠. 거기서 이철호 선생님을 만났고 그 양반 밑에서 제대로 배우기 시작한 셈이에요."

• 언제부터 '천재' 소리를 들었나요.

이때 허재의 팬을 자처하는 젊은 남성이 끼어들어 사인과 악수를 청했다. 허재는 "꼭 우승해 달라."는 그 사나이의 이런저런 이야기에 일일이 답하고도 앞서 한 질문의 요지를 기억했다.

"제 자랑이 아니고요. (허재가 신이 났는지 목소리를 슬쩍 높이면서 맥주 한 잔을 쭉 비운 다음 수다스럽게 말했다.) 제가 정말 운동에는 소질이 있나 봐요. 지기 싫어하는 성격인데다 운동이라면 뭐든지 잘했으니까요. 초등학교 때부터 운도 좋아서 저 때문에 이기는 경우가 많았어요. 반포국민학교를 이길 때도… 6초 남겨놓고 제가 자유투 두 개를 다 넣는 바람에 이겼어요. 용산중학교, 용산고등학교에 들어가니까 슬슬 '신동'이라느니 '천재'라느니 하는 소리가 나오더라고요."

바스켓볼 다이어리

• 농구가 왜 좋던가요.

"멋있잖아요. 축구나 야구 같은 종목보다 신사적인 운동 같아요. 선수들도 멋지지 않아요? 키도 크고, 괜찮은 애들이 많아요. 코트 위에서 순간순간 이뤄지는 동작을 보세요. 예를 들어서 NBA 경기할 때 마이클 조던 같은 애들이 테크닉 쓸 때 보면 감탄이 절로 나오잖아요. 생각해 보세요. 허공에서 살과 살이 맞부딪치면서 순간순간에 승패가 갈리는 걸. 골이 안 들어가면 어때요. 배구는 네트로 코트를 갈라놓고 몸 안 부딪치면서 떨어져서 하잖아요. 공중에서 몸을 부딪치고 판단력과 반응속도로 승부를 내는 건 농구 하나뿐이라고요."

• 농구를 하면서 가장 어려웠던 일은 무엇입니까. 배우기 어려운 대목은 또 무엇이고요.

"어려운 건 정말 몰랐어요. 이번에 대표 팀 잘렸을 때가 제일 어려웠어요. 제가 운이 좋고 시대를 잘 만나선지 모든 게 순탄했어요. 대표 팀에서 탈락할 때는 힘들었죠. 정말 스스로도 그 충격으로 달라진 제 모습을 느낄 정도니까요."

• 농구를 가르친 선생님들 말고 누가 도와줬나요.

"지금의 저를 만들어준 분들은 많죠. 여러 좋은 선생님들하고…. 하지만 정말 저를 키워준 분은 역시 가족들, 특히 아버님이세요. 너무 고마워요. 아버지는 부모님이니까 당연하다고 쳐도 형하고 누나 두 분에겐 아무 말도 못해요. 형은 저하고 9년 차인데요. 엄마가 보약 먹으래도 '허재 줘요. 쟤는 운동하잖아요.' 그러면서 저 준 사람이에요. 누나 둘은 아무리 추운 겨울에도 내가 슛 훈련한다고 볼 잡아 달라고 하면 새벽이건 밤이건 마다않고 나와 주었어요."

다시 팬들이 몰려들어 이것저것 물었다. 대화는 10분 정도 중단됐다. 허재는 "대학의 패기가 무섭지만 꼭 6연속 우승할 거예요."라고 말하면서 사인을 해줘서 보냈다.* 한 팬이 맥주 두 병을 선물이라며 놓고 갔다.

• 중앙대는 어떻게 가게 됐나요.

"모든 건 아버지가 결정했어요. 당시 저는 볼이나 튀겼지 고등학생이 어떻게 대학교에 가게 되는지 시스템도 몰랐어요. 하지만 이런 생각은 했어요. 농구를 잘하니까 어디든지 갈 수 있겠지. 연습에나 전념하자. 그런데 어느 날 아버지가

---

* 1993-94 농구대잔치에서 연세대와 중앙대가 실업 팀을 위협할 정도로 뛰어난 경기력을 발휘했다. 특히 연세대는 문경은, 김재훈, 이상민, 서장훈, 우지원 등의 활약으로 챔피언결정전을 제패해 농구대잔치에서 우승한 첫 대학 팀이 되었다.

바스켓볼 다이어리

결정해 버리셨죠. 아버지만 믿고 중대 간 거예요.”

• ‘조건’ 같은 건 있었을 텐데.

“없었어요. 있어도 저는 몰라요.”

• 후회해본 일은 없나요.

“없어요. 연·고대 가서 이름을 더 얻었을지도 모르겠어
요. 그렇지만 중대에 있던 김유택 형과 한기범 형 덕분에 제
가 빨리 성장했다고 생각해요. 만약 그 형들이 없었다면 그
렇게 빨리 이름이 알려지진 않았을 거예요. 연·고대 갔다면
어떻게 삼성·현대 같은 스타군단하고 대등한 경기를 해보
았겠어요. 중대에 가서 농구 붐을 일으켰고 덕분에 유명해졌
고…. 한 번도 중대를 싫어해본 일이 없어요. 저는 중앙대를
사랑해요. 하지만 제가 어느 대학을 나왔든, 예를 들어서 한
양대나 고려대나 연세대를 나왔더라도 역시 모교로서 사랑
했을 거예요.”

잘도 비켜갔다. 조금 더 몰아 보았다.

• 중앙대가 아니라면 어디로 갔을까요.

“연·고대 중 한 곳을 택했겠죠. 좋은 학교들이잖아요. 공
부 잘하는 학생들이 모두 서울대 가는 식으로 연·고대 가게
됐을 거예요. 아마 제가 뛸 자리가 있는 팀으로 갔을 겁니다.”

• 후회가 없다고 했는데, 허 선수가 중대 아니고 연·고대 나왔으면 지난해 대표 팀에서 제외되지도 않았을 것 같은데.

"지금쯤, 아마 대표 팀에서 잘리지는 않았을 거로 봐요. 무시 못 하거든요."

• 연·고대 선수들과 경기할 때 기분이 어떻습니까.

"이겨야 한다는 생각뿐이에요. 상대가 연·고대라서 그런 게 아니라 선수니까 당연히 그래야 하는 거죠. 대신 상대 수준에 맞춰 늦췄다 당겼다 하는데요, 너무 약할 때는 봐주기도 해요. 죄다 후배들인데 왕창 이겨봐야 속 시원할 것도 없고요. 당연하잖아요. 실업팀이 이기는 건데."

• 기아에는 어떻게 가게 됐나요.

"의리밖에 없었어요. 제가 좋아하는 김유택, 한기범 형이랑 한솥밥 먹고 싶었어요. 기아에 와서 편하게 우승하고 싶기도 했고요."

• 입단할 때의 '조건'을 밝힐 수 있나요.

"얼마 받았는지 지금도 몰라요. 제가 지금 사는 집도 전세예요. 기아에서 돈 많이 줬으면 아버지에게 줬겠지요 뭐. 아직까지 받은 거 없어요."

• 기아 말고 '한번 가보고 싶다.' 이런 팀은 없었나요.

"기아에는 아버지하고 함께 가서 도장 눌렀어요. 다른 곳은 전혀 생각해 보지 못했고요. 그때의 선택에 대해서는 지금도 만족하고 있어요. (씩 웃으며) 세상에, 형님, 농구대잔치 5연패(連霸)가 쉬운 일이우? 앞으로도 해낼 팀이 없을 거예요."

· 기아 팀이 뭐 그리 좋습디까.

"강동희도 나 보고 기아 온 거예요. 한마디로 의리 하난 끝내주는 데 아녜요?"

· 기아에 와서 손해 본 건 없나요.

(단호한 태도로) "전혀 없어요."

· 방열 감독과 사이가 나빴다는데.

"나쁘고 좋고가 없었어요. 이건 정말인데요. 스승과 제자 사이일 뿐이에요. 방 선생님께서 절 싫어하시는지는 몰라도, 그분은 운동 하나는 기가 막히게 가르치시는 분이에요. 야비하다는 느낌을 받은 적도 있지만 감독으로서는 최고죠. 남들은 우리 사이를 원수지간으로 보는지 몰라도 사실은 그렇지 않아요. 그분이 일선에서 물러나고 나니까 그런 얘기가 많았는데 아마 '기아에서 그럴 만한 파워가 있는 놈은 허재밖에 없다.' 이렇게 생각하고 그러나 봐요. 파워는 무슨 놈의 파웝니까. 제가 집 하나 사달란다고 기아에서 사주겠습니까. 오해가 너무 많아요. 내가 요구하면 사소한 건 가끔 들어줘요. 큰 건 어림없어요. 제가 서열로 치면 맨 쫄짠데 말이죠. 대기 업에서 쫄짜 하나 때문에…. 에이, 저 때문에 방 감독 자르면 선배들은 바지저고린가요."

• 방 감독이 그만둔 뒤로 만난 일은 없나요.

"없어요. 개인적으로는요. 그건 지금 가르치는 최(인선) 감독하고도 마찬가지인데요. 사적으로는 술 한 잔 함께 마신 일 없어요. 그럴 이유가 없으니까요. 서로 시간도 없고 연락도 없고 방 선생님하고야 더하죠. 체육관에서 마주치는 일은 더러 있어요. 그때 '잘하냐, 더 잘해라.' '고맙습니다.' 그냥 평범한 인사만 나누고 헤어지죠."

• 방 감독에 대해 솔직히 어떻게 생각합니까.

"사람마다 장단점이 다 다르잖아요. 방 선생님은 선수 마음을 잘 아는 감독이에요. 입맛을 알죠. 선수를 잘 다스리고 선수가 무엇 때문에 스트레스를 받는지도 알아요. 눈치 빠르고 기민하게 대처해요. 운동에 진저리를 내면 불러서 쉬게 할 줄도 알아요. 그게 보통 감독하고 다른 점이에요. 장점이죠. 외부에는 제가 방 선생님을 나쁘게 보는 걸로 알려졌는데 제 솔직한 생각은 그래요."

• 다시 함께 운동한다면.

"전에도 한 번 물으신 건데. 그때도 그랬죠? 함께 할 수 있어요. 물론 대환영은 아녜요. 거부도 아니고요. 농구인으로서 선수로서 겸허하게 평범하게 배우면 그만이죠."

• 여배우와 염문이 있었는데 그 얘기 좀 해보세요. '허재가 데리고 놀다가 버렸다.'는 소문도 있던데.*

"그것 때문에 제가 미친다니까요. 그런데요, 그게 지금 생각해 보니까, 그때 제 처신이 스캔들 날 수밖에 없도록 돼 있었더라고요. 그런 거 의식하고 스캔들 조심했으면 괜찮았을 거예요. 안 만나고, 장소 골라서 몰래 만나면 되니까요. 하지만 떳떳하니까 친구로 대하고 가끔 같이 한 잔 하고, 어울려 조심성 없이 자연스럽게 다니니까 그랬겠죠. 형님이 맨날 그러잖아요. '넌 허재니까 조심해야 한다.'고. 정말 맞는 말이에요. 제가 끼니까 뻥튀기가 된 거예요. 특히 연예부 기자들, 아우~ 정말 짜증나요. 그 바람에 그 아이와 몇 달 동안 전화도 안 했어요. 그러다 어쩌다 한 번 만나면 이거 또 대서특필하

---

* 허재가 여배우와 사귄다는 보도가 1989년 5월에 나왔다. 두 사람은 초등학교 동창이었고, 허재의 열애설은 한동안 관심을 끌었다.

는 거예요. 한 번은 도저히 견딜 수가 없어서 아는 기자님한테 확인 취재까지 부탁한 일도 있어요.”

• 지금 부인과는 어떻게 만난 겁니까.

“만난 지 1년 만에 결혼했는데요. 그게 참 인연이겠죠? 미수(허재의 아내 이미수 씨)의 오빠 친구랑 알고 지냈는데 하루는 친구 동생 불러낼 테니 같이 놀재요. 그러자고 했죠. 와! 나왔는데 첫눈에 ‘굿’인 거 있죠. 그래서 제가 나중에 물었어요. ‘형, 나 또 만나면 안 돼?’ 하고요. 그 뒤로 부산에 가면 만났어요. 결혼하기 8개월 전에 이런 거 느꼈는데요. 사람 묘하데요? 이 여자 아니면 내 평생 결혼 못 한다, 이런 느낌이 팍 오는 거예요. 그래서 부산에 내려가 며칠 머물면서 적극적으로 대시했어요. ‘나 너랑 결혼하고 싶다.’고요. 제가 느닷없이 적극적으로 나오니까 놀라더라고요. ‘생각해 볼게요.’ 그래서 제가 그랬어요. ‘뭘 생각해. 나 농구선순데 그거 몰라?’ 그랬더니 막 웃더라고요. (‘사고’를 쳐서 서둘러 결혼식을 올렸다는 풍문에 대해) 사고는 무슨 사고를 쳐요. 1992년 농구대잔치 마치고 결혼하려고 그랬는데 해 넘기면 액운이 있다는 거예요. 그래서 어른들이 좋다는 날을 잡았는데 날짜가 11월 11일이에요. 무지 서두른 거죠. 얼떨결에 청첩장 돌릴 시간도 없고 결혼식장을 잡으려고 하니까 장소가 나오질 않는 거예요. 호텔에서 하고 싶었는데 호텔에서 유명한 사람들이 호사스럽게 결혼식하면 안 좋다면서 거부하는 거예요. 그 바람에 결혼식장 찾아 헤매느라고 잠을 설칠 지경이었어요. 겨우 잡은 게 강남구 삼성동 공항터미널인데요, 우스운 게 그 시간이에요. 오전 11시하고 오후 4시 반인가, 5시가 비었다는 거예요. 네다섯 시에 어떻게 결혼식을 해요. 그래서 오전 11시로 했죠. 그랬더니 11월 11일 오전 11시가 됐어요. 그래서 아내하고 막 웃으면서 '야, 이건 운명이다.' 그랬어요. 죽어도 잊지 못할 거예요."

• 결혼하니까 뭐가 달라지던가요.

"생활이 안정되더라고요. 그 전까지는 정말 마음이 떠돌고 그랬는데요, 우선 씀씀이도 줄고 일할 때도 다시 한 번 생각해 보게 돼요. 또 합숙이다 원정이다 해서 집을 너무 비우니까 아내 눈치를 보게 돼요. 그런데 정말 아내가 잘해줘요. 아내 자랑하면 팔불출이라고 그러잖아요. 그런데 제가 여자는 잘 선택한 것 같아요. 많은 일을 해주고요, 편하게 해줘요. 전 미안하죠. 가끔 집에 있을 때라도 잘해줘야 하는데. 그래서 한때는 삐삐까지 달았어요. 아내가 찾으면 전화하려고요."

• 그래도 매너는 그대로라던데.

"매너 나쁜 거 인정해요. 그런데 그건 순전히 승부에 너무 집착하니까 그런 거예요. 주위의 시선에 신경 쓸 겨를이 없다고요. 꼭 이겨야겠다는 생각만 하니까 심판이 잘못하면 대드는 게 당연하죠. 결혼하고 나니까 그게 다 부질없다는 생각도 하지만 당시에는 심각해서 그러는 거예요. 전들 그러고 싶어서 그러나요. 욕은 욕대로 먹고…. 요즘은 그나마 끙끙거리고 참느라고 애먹어요."

• 특별히 경기할 때 매너 좀 고칠 수 없습니까. 너무 뻣뻣한 것 같은데. 쇼맨십도 없고요. 스타가 돼가지고 너무하는 것 아닙니까.

"저도 제스처 다양해요. 대학 때는 제법 했어요. 지금도 가끔 하고요. 진짜 이 슛은 결정적이다, 이것 때문에 이겼다 싶을 때는 나도 모르게 (동작이) 나와요. 속에서 우러나오지 않은 쇼맨십은 역겹지 않아요? 한 골 넣었다고 춤이라도 추어대면 우습기밖에 더해요?"

• 신혼이긴 합니다만, 술을 너무 마시는 것 아닙니까.

"사실이에요."

• 얼마나 마시기에요.

"한 번 마셨다 하면 한도 끝도 없어요. 대신 때를 가려서 마시죠. 친구나 선후배끼리 의기투합해서 마실 때는 끝내주게 먹어요. 외국에 나가면 숙소에서 잠 안 올 때 가끔 한잔씩 하고요. 작년에 동아시아대회 갔을 때는 이명훈이하고 한번 대차게 마셨죠. 호텔에 있는데 대회 다 끝난 날 명훈이가 제 방으로 놀러 왔어요. 걔가 절 무지 좋아하거든요. 그날도 허재 형님 어쩌고 하면서 너스레를 떨기에 한 잔 하자 그랬죠. 있는 돈 없는 돈 털어서 맥주 사다가 마시는데 명훈이 걔가 술은 끝내주게 마셔요. 손도 큰 놈이 시원스럽게 마시죠. 금세 사온 술 다 마시고 나니까 한밤중에 술을 더 사러 갈 곳이 없어요. 퍼뜩 생각해 보니까 최인선 감독 방에 선물하려고 산 술이 있는 것 같더라고요. 사실대로 얘기하고 양주 몇 병 갖다 먹었는데 그것도 금방 동이 나더라고요. 근데 저도 요새 술이 가더라고요. 요즘은 소주 한 병이면 취해요. 작년, 재작년하고 달라요. 그 다음날이 문젠데요, 너무 괴로워요. 해독하는 데 시간이 오래 걸리는 거죠. 냄새가 풍풍 나니까 눈치가 봬서 안 되겠어요."

---

* 북한의 남자농구선수로서 1967년 9월 14일생이다. 신장 2m32㎝ 또는 2m35㎝로 알려졌다.

• 술친구들은 누군가요.

"지금은 없어요. 옛날엔 형균이(농구선수 출신 김형균)하고 자주 마셨고요. 동희, 유택이 형, 기범이 형하고도 자주 마셨죠. 주량도 비슷해서 한 번 마셨다 하면 사정없죠. 민형이(당시 기업은행 센터 이민형)하고도 전엔 자주 마셨는데 요샌 서로 바빠서 잘 안돼요."

• 이민형과 함께 용산고 동기인 한만성과 술 먹고 헤어지다 사고가 났다는 건 어찌된 일입니까. 알려지기로는 본인(허재) 때문에 사고가 났다는데.

여기서 허재는 매우 흥분했다. 한만성은 허재의 용산고 동기동창이고 기아 팀의 동료였는데 먼저 농구를 그만두고 사무직으로 옮겼다. 1992년 겨울 허재와 함께 술을 마시고 결혼을 약속한 여성과 집으로 돌아가다 교통사고를 당해 사경을 헤매는 처지가 됐다. 당시 알려지기로는 허재가 '한잔만 더 하자.'고 꾀는 바람에 여성을 먼저 집에 보내주려고 나갔다가, 또는 함께 2차에 가자고 승강이를 하다가 불의의 사고를 당했다는 것이다. 사고 소식이 알려진 다음 농구계를 중심으로 허재를 비난하는 목소리가 컸다.

"기자들이 참 지독하게 썼어요. 그때 제가 찾아가서 항의

하려다가 참았습니다. 같이 마시고 같이 헤어졌는데 왜 제 책임이에요? 그때 저는 미수(아내)를 동반해서 함께 만났는데 술 마시고 헤어진 다음에 일어난 일까지 제가 어떻게 책임 지냐고요. 다 큰 놈을 집까지 데려다 주란 말입니까? 저 때문에 그런 일이 벌어졌다니, 제 얼굴이 뭐가 됩니까. 그렇잖아도 술꾼으로 찍혔는데 사고까지 냈으니 죄다 '거봐라, 너 때문에 사람 병신 만들었구나.' 이럴 거 아녜요. 만성이 부모님이 절 어떻게 생각하시겠어요? 만성이는 저하고 제일 친한 친구였는데요. 그게 뭡니까. 우린 정말 같이 웃고 같이 울고 같이 불알 맞대고 잠잔 사이라고요. 술 먹고 집에 가다가 벌어진 사고를 저보고 어떻게 책임지라는 거예요."

계속 음주 문제를 추궁해 보았다.*

---

* 허재는 대전 엑스포의 경우 외에도 술과 관련된 문제로 물의를 여러 차례 빚었다. 1993년 4월 동아시아대회를 앞두고 태릉선수촌에서 술을 마셔 비판을 받았고 1994년 6월 아시아선수권대회가 끝난 뒤에는 나이트클럽에서 술을 마시다 주먹을 휘둘러 폭력혐의로 입건됐다. 1996년 8월 애틀랜타올림픽 기간 중에도 동료들과 술을 마셨다가 6개월 자격정지를 당했다. 1993년과 1995년에는 음주운전을 하다 적발됐다. 『중앙일보』, 「허재, 술버릇도 슈퍼급-3번째 음주운전사고에 구단도 난감」, 1996년 11월 25일자 39면

• 대전 엑스포 농구대회 때 술 먹고 숙소에 늦게 복귀해서 징계 먹었지요?

"그거 어떻게 알고 쓰신 겁니까? 대충 소문 듣고 쓰신 건 아니지요? 너무 정확하니까 화가 나더라고요. 누가 얘기해 준 거예요? 그런데 징계 먹은 건 사실 아녜요. 경기 못 뛰었으니까 징계 먹었다고 해야 하나? 그 정도가 무슨 징계예요. 반성은 많이 했지만 기억하긴 싫습니다."

풀어 주자.

• 미국 프로농구에 진출한다는 얘기가 있었는데 왜 안 된 겁니까.

"그때가 임달식 사건이 있었을 때예요. 징계 먹었을 때죠."

허재는 1991 농구대잔치 경기 도중에 코트폭력을 당했다. 현대의 임달식과 시비 끝에 구타를 당한다. 여기 김성욱이 끼어들어 소란이 커졌다. 농구협회는 허재와 임달식, 김

---

* 1996년을 고비로 사회적인 물의를 빚을 정도로 일탈하는 사례가 잦아들었다. 허재는 그해 11월 23일 음주운전을 하다 사고를 낸 뒤 친구에게 모든 걸 맡기고 뺑소니를 친 혐의로 구속됐다가 보석으로 풀려났다. 12월 18일 서울지검 공판부 장영돈 검사는 허재에 대해 특가법 위반죄를 적용해 징역 1년을 구형했다. 이 일이 있은 뒤로는 눈에 띄는 음주 관련 사고가 없다. 『조선일보』, 「재기한 골리앗, 술병난 천재」, 1996년 12월 21일자 13면

성욱의 선수자격을 정지하는 벌을 내렸다.

"그래서 운동을 쉬고 있는데요, 그 덕분에 대표 팀에도 못 들어가다 나중에 겨우 구제됐지만요. 그런데 그 일이 있기 2년 전부터 WBL이란 데서 스카우트 제의가 왔어요. WBL이란 건 키가 1m90cm 이하인 선수들이 뛰는 프로리그인데요, 테스트도 없이 저를 입단시키겠다는 팀이 있었어요. 파격적인 거죠.* 통박을 재보니까 징계를 먹고 서울에서 빈둥거리느니 거기 가서 몇 개월 뛰는 게 낫겠더라고요. 하지만 협회에서 '반항이냐, 뭐냐.' 하고, 빈정거리며 욕하는 사람이 많아서 그만둬 버렸어요."

• 얼마나 더 운동을 할 생각이에요.

"체력이 닿는 한 오래 할 거예요. 현준이 형(삼성의 김현준을 말한다.)이 서른다섯인데 지금도 숫은 최고잖아요. 그만큼은 할 거예요."

• 은퇴한 다음엔 어떻게 할 생각입니까. 조금 어려움을 겪지 않겠어요.

---

* 파격이라고 보기는 어렵다. 미국의 프로농구 수준에서 입단테스트를 해보고 선수를 영입하는 사례는 찾아보기 어렵다.

"각오는 해요. 먼저 그만둔 덕화 형(허재의 기아 팀 선배인 정덕화)도 고생하잖아요. 지도자가 되고 싶은데 순탄치는 않을 것 같아요. 생각 같아서는 당장 코치, 감독을 하기보다는 미국에 가서 2~3년 공부 좀 했으면 싶어요. 영어까지 술술 할 정도가 되면 본토 농구를 배워서 돌아온 다음에 기회가 주어지면 어떻게든 열심히 가르쳐 보고 싶습니다."

• 어떤 지도자가 되고 싶습니까.

"현재 계신 분들에 대해서는 말 못하고요. 제가 지도자가 되면 선수들과 호흡을 맞출 줄 아는 지도자가 되고 싶습니다."

• 우리나라 선수들에 대해 어떻게 생각하세요.

"우리 선수들 정말 대단한 거예요. 키로 보나 체력으로 보나 안 되는데도 아시아에서 1, 2위 하잖아요. 잔기술, 팀워크, 근성, 이런 건 대단해요. 키만 더 크면 아마 세계정복할 거예요. 모든 선수들을 존경해요."

• 허 선수가 몸담고 있는 기아 팀은 어떤 팀입니까.

"멋진 팀이죠. '꿈의 팀'이에요. 조잡한 플레이는 안 하잖아요. 시원시원하고 화려하고. 분위기도 가족적이고 참 좋아요. 후배들도 착하고요. 근데 후배들은 선배가 얘기하는 부분을 잘 이해하고 빨리 받아들일 필요가 있어요. 단순하고

바스켓볼 다이어리

고집이 없어야 돼요. 저도 그래요. 승부욕 강하고 고집쟁이지만 배울 때는 배웠거든요. 몸에 달라붙은 나쁜 습관을 고치는 게 특히 어려운데, 그래도 그걸 해내야 해요."

• 강동희나 김유택 등은 선수로서 라이벌이라고 할 수 있는데 한 팀에서 어떻게 지내고 있나요.

"양보를 하려고 노력하죠. 한두 번 의견이 다를 때가 있지만 다 한 걸음씩 물러설 줄 아는 사람들이니까요. 동희는 누구보다 무서운 라이벌이지만 필요하면 돕고 도움 받고 그러면서 지나가요. 또 아무리 초연하려고 해도 동문끼리잖아요. 전혀 아니라면 사람이 아니죠."

• 선수로서 느낀 어려움이 있다면.

"어려움을 모르고 컸어요. 그때그때 잘 넘기기도 했고요."

• 허재 선수가 살아오는 동안 뭔가를 이루려고 정말 노력한 일은 어떤 것들입니까.

"이건 정말인데요. 저는 어려움이란 걸 모르고 큰 놈이에요. 하지만 모든 일에 노력했고 손대는 일에는 사력을 다했어요. 대신 손 안 댄 일은 생각조차 해본 일이 없어요. 아예 제쳐놓죠."

• 선수생활을 해오는 동안 기억에 남는 경기도 많았을 텐데.

허재는 갑자기 신이 난 듯 맥주 한 잔을 더 들이켰다. 그래서 세 병을 더 주문한 다음 대화를 계속했다.

"그럼요, 중앙대 4학년 때인데 현대한테 이겨서 농구대잔치 2차대회에서 우승할 때 최고로 기분 좋았어요. 청소년대표로 중국한테 이겨서 우승할 때 기분 죽였고요. 그때 선생님들이 '허재, 너만 믿는다.' 그럴 땐 날아갈 것 같더라고요. 기아에 입단한 다음엔 일방적으로 이기기만 했으니까 (기억에 남는 일이) 별로 없고, 대표선수로 뽑힌 다음에 아쉬운 일이 많았어요. 방콕에서 중국하고 ABC(아시아농구선수권) 결승전할 때 기억은 평생 못 잊어요. 우리가 정말 잘한 경기인데다 저도 잘했어요. 마지막 11초 남기고 제가 숫을 했는데요, 그게 사실은 (이)충희 형 주기로 돼 있었던 건데 무슨 마가 끼었는지 도무지 충희 형을 찾을 수가 없는 거예요. 그 숫이 림을 맞고 나오는데 머릿속에서 '쿵' 소리가 나더라고요. 그담에 콸라룸푸르 ABC 때는 중국을 이기고도 미국 용병들을 내보낸 필리핀 애들한테 져서 또 우승 놓치고…. 그래서 더 국가대표팀에 들어가고 싶어요. 은퇴하기 전에 중국 애들 이기고 우승 한 번 해보고 싶어요. 진짜 사심이라고는 요만큼도 없어요. 나이는 먹어 가는데 중국 이기고 우승 못 하면

평생 한이 될 것 같아요."

• 다시 대표선수 되면 또 전처럼 엉망으로 노는 거 아닙니까.

"이번에 들어가면 고참인걸요. 후배들을 친동생처럼 이끌어주면서 제대로 할 거예요. 진짜 '꿈의 팀' 한번 만들어 보고 싶어요. (이때 허재는 잠깐이지만 울먹이는 것 같은 목소리로 말했다. 생각지 못한 일이라 내심 당황했다.) 선수 누구나 '우리 팀'이라고 생각할 수 있는 대표 팀을 만들어보고 싶어요. 자신도 있고요. 그렇게만 되면 우리 중국 이길 수 있어요. 히로시마 가서* 금 딸 수 있다고 봐요."

이때 나를 서울까지 데려다 주겠다며 허재의 후배 선수인 이준호가 찾아 내려왔다. 이때부터 피차 말이 빨라지기 시작했다. 사실 필요한 답변은 다 들은 셈이어서 이준호를 배려해서 대화를 서둘러 접었다.

• 월급은 얼마나 됩니까.

"제가 대리인데요, 내후년이면 과장 달죠. 예, 1996년이요. 지금 받는 건 한 100만 원(그때 이준호가 끼어들더니 '에이,

---

* 1994년 10월 2일부터 16일까지 일본 히로시마에서 열린 제12회 아시안게임을 말한다.

형이 무슨 100만 원씩이나 받아. 다 떼면 한 90만 원 되지.' 하고 말했고 허재는 아니라고 우겼다.), 95만 원 정도 되는데 자세히는 몰라요. 다 아내(가 관리하는) 통장으로 들어가니까요. 생활도 아내가 꾸려 가는데요, 즐기고, 가끔 외식도 하고, 잘 살아요. 그냥 평범한 월급쟁이예요, 뭐.”

• 그동안 언론과 팬들이 허 선수에게 많은 걸 기대하고 요구해왔죠. 허 선수도 그들에게 요구하고 기대하는 게 있을까요.

“글쎄요. 제가 경기 제대로 못하고 빌빌거릴 때 격려해주세요. 다소 부진하면 많은 분들이 허재에게 문제 있는 것 아니냐고 색안경부터 끼시는데요, 어려울 때일수록 격려해주시면 힘이 날 것 같아요. 슬럼프에 빠져도 빨리 빠져나오고요.”

시간이 오후 10시 40분을 넘었다. 허재는 시간을 확인한 다음 들어갈 때가 되었다고 몇 번이고 되뇌었다. 그러면서도 하고픈 말이 남았는지 나의 눈치를 살폈다. 허재의 입안에서 맴도는, 미처 꺼내지 못한 이야기들이 어떤 것들인지 짐작하기 어려웠다. 레스토랑 주인은 “슈퍼스타가 다녀간 것만으로도 영광”이라며 술과 안주 값으로 1만 원만 받았다.

밖에 나서니 밤공기가 썰렁했다. 허재도 부르르 떨며 옷

깃을 여몄다. 동행한 사진기자는 해장국집과 레스토랑에서 쉴 새 없이 셔터를 누르고도 부족했는지 허재를 순순히 놓아주지 않았다. 풍덕천에서 기아 팀의 숙소로 향하는 길목에 작은 개천이 흐르고 그 위에 콘크리트 다리가 걸렸다. 교각에 '기아교(KIA橋)라고 새겨져 있다. 사진기자는 이 다리를 배경으로 10여 장을 더 찍었다. 카메라 플래시가 터질 때마다 어둠 속에 드러나는 허재의 모습은 알몸 같은 인상을 주었다. 작고, 초췌하고, 외로워 보였다.

허진석

시인. 한국체육대학교 교수. 서울에서 태어나 동국대학교 국어국
문학과를 졸업하고 동국대학교 대학원에서 이학박사 학위를 취
득했다. 주요 저서로 『농구 코트의 젊은 영웅들』(1994), 『타이프
라이터의 죽음으로부터 불법적인 섹스까지』(1994), 『농구 코트의
젊은 영웅들 2』(1996), 『길거리 농구 핸드북』(1997), 『X-레이 필
름 속의 어둠』(2001), 『스포츠 공화국의 탄생』(2010), 『스포츠 보
도의 이론과 실제』(2011), 『그렇다, 우리는 호모 루덴스다』(2012),
『미디어를 요리하라』(2012·공저), 『아메리칸 바스켓볼』(2013),
『우리 아버지 시대의 마이클 조던, 득점기계 신동파』(2014), 『놀
이인간』(2015·★2016 세종도서 교양부문 선정도서), 『휴먼 피치』
(2016), 『맘보 김인건』(2017), 『기자의 독서』(2018), 『옆구리에 대
한 궁금증』(2018), 『한국 태권도연구사의 검토』(2019·공저·★2020
대한민국학술원 우수학술도서), 『기자의 산책』(2019), 『아픈 곳이
모두 기억난다』(2019), 『금요일의 역사』(2020) 등이 있다.

바스켓볼 다이어리

초판1쇄 인쇄 2021년 9월 10일
초판1쇄 발행 2021년 9월 27일

지은이   허진석
펴낸이   최종숙
편집   이태곤 권분옥 문선희 임애정 강윤경
디자인   안혜진 최선주 이경진
마케팅   박태훈 안현진

펴낸곳   글누림출판사
출판등록   제303-2005-000038호(2005.10.5.)
주소   (06589) 서울시 서초구 동광로46길 6-6 문창빌딩 2층
전화   02-3409-2055(대표), 2058(영업), 2060(편집)
팩스   02-3409-2059
홈페이지   www.geulnurim.co.kr
전자우편   nurim3888@hanmail.net

ISBN 978-89-6327-649-6 03810